Candaya Narrativa, 81

SULFURO

Diseño de la colección: Francesc Fernández
Imagen de la cubierta: Fernanda García Lao

Primera edición: marzo de 2022

Camí de l'Arboçar, 4 - Les Gunyoles
08793 Avinyonet del Penedès (Barcelona)
candaya@candaya.com
www.candaya.com
facebook.com/edcandaya

BIC: FA
ISBN: 978-84-18504-43-3
Depósito Legal: B 6413-2022

FERNANDA GARCÍA LAO

SULFURO

EDITORIAL CANDAYA

Mi corazón es un pájaro de mal agüero.

Teresa Wilms Montt

EL ESCRIBANO, LOS CHICOS, LA INSULSA MALPEINADA DE LA VUELTA

Te mudaste hace unos días y ya te molestan los sapos. La idea de que existan. Por eso, luces prendidas toda la noche. Estás en la casa de las dos piletas, tan sucias como inodoros públicos. Las hojas y las flores pudren rápido el agua. No te convence la casa, en realidad. Ya empezaste a percibir el olor. Un barrio bien, con chalés y garitas, jardineros y servicio de limpieza, no puede apestar así. El escribano no lo percibe. Los chicos tampoco. Fuiste a consultar a una vecina, la insulsa malpeinada de la vuelta, que también te lo negó. El jardín está adelante y, sin embargo, el aire huele raro.

¿Vendrá del cementerio? Parece que sos la única sensible a los efluvios que emanan de ese paredón, justo ahí, frente a ustedes.

LA PERRA, EL ESCRIBANO, LOS CHICOS

La puerta de la casa es de vidrio, te parece que cualquiera te verá pasar en camisón. A vos y a la perra. Ella, desnuda. Hija de campeones. Te sigue por toda la casa, se mete en las piletas, rompe las bolsas de basura. La perra fina maleducada y hambrienta, porque nunca tiene comida y detesta el arroz. Vos también en ayunas. Te subís al auto con el estómago vacío y el tanque lleno, para huir de la casa, la perra, el escribano, los chicos, el olor. En la autopista, el pelo mojado se va secando por el camino, la ventanilla baja a pesar del miedo. La velocidad te sugiere subirla. Un pedazo de chasis suelto, un resto de neumático, y el impacto en el ojo te lo dejaría abierto para siempre. Pero ese temor es lo único que te pasa. Para qué cuidarse.

De regreso, embocar rápido el auto en la cochera, que el escribano no te vea, que no te diga ¿Otra vez? con ese tono gangoso que se repite cada tanto. Grita mucho para que todos oigan. Disfruta dejándote en evidencia.

Al guardar el auto, el espejito de la derecha se raya contra el portón. Eso te altera y, en lugar de frenar, vas contra las bicicletas, los canastos. Aún no sacaste tu ropa de invierno, las soperas, tus revistas. No mires el desastre. El espejo cuelga como un limón maduro de una rama delgada. Igual que los brazos tuyos, que duelen cuando el escribano aprieta de más. El hielo no sirve. Si te monta, tira de tus muñecas hacia atrás para inmovilizarte, como si temiera que te des a la fuga. Y lame también tus orejas, o la parte de atrás de los codos, igual que la perra cuando repasa los platos del almuerzo. La lengua rosada, las patitas en punta, como una bailarina angurrienta.

El baboseo del escribano te deja sorda cada noche. Pero lo que más te molesta es su hedor. Solo en el aliento hay una mezcla de siete despojos. No sabe masticar, se le acumulan los procesos, se le superponen.

Ya estás por bajar del auto cuando suena la alarma que dice Chicos y no estás donde debieras. Los olvidaste en el colegio. Marcha atrás, se golpea el otro espejo. Pero no importa. Hay que salir, activar el portón, organizarse.

La perra aprovecha la ocasión para fugar. Ya corre enloquecida junto al paredón, trepada a los canastos igual que una equilibrista. Pasás de largo, como si no la conocieras, mientras mastica sin piedad un algodón usado.

EL ESCRIBANO, LOS CHICOS, TU PAPÁ

La primera vez que lo viste tampoco te gustó. Tenía la mirada lánguida, los pómulos sanguíneos en exceso. El pelo ensortijado. Pero sonreía el escribano, con una dentadura casi perfecta.

Lo imaginaste mordiendo la parte trasera de tu cuerpo como un diablo sin usar. La mandíbula en tus nalgas. ¿Por qué no saliste corriendo?

Después de firmar los papeles de tu dúplex, te invitó a cenar junto al río. Dijiste que sí, era más fácil que negarse.

Fueron en su camioneta, le gustaba presumir. Al llegar, una cola inmensa de gente como ustedes. Parejitas sin estrenar. Pensaste que el lugar tenía demasiada madera, el agua del río rozaba la costa en un gesto indecente. Las mesas de afuera eran las más requeridas, veinte minutos de demora. Por eso dijiste: solo un brindis corto, para festejar la escritura de mi dúplex.

Y se sentaron adentro, lejos de la ventana. Le mirabas los rulos mientras aspirabas tu trago, una mezcla de color oscuro. Su frente parecía habitada por moluscos que reptaban sobre sí mismos en meneos ondulantes. La transpiración provocada por el encierro y la humedad del río habían ablandado su fijador.

Viste surcos de baba cayendo por las sienes del escribano.

Te habló del futuro, se refería a ascender socialmente. Estaba listo para trepar y quería hacerlo con alguien. Alguien como vos, de buen pasar. Dueña de algo. Un dúplex.

Algunos tragos después, dijo que era viudo, padre de dos chiquitos. Así los llamó. Chiquitos. Y vos, que ya estabas mareada, confesaste que no podías tener. Sus pupilas brillaron, no le diste importancia. Pero cuando dijiste sin pensar que era tarde, él sonrió y se pasó la lengua por los labios.

Nunca es tarde, dijo, y pidió la cuenta.

Del brazo, caminaron al estacionamiento. El mundo parecía de plastilina. Así de blando. Te dejó en el dúplex, los papeles en regla, y te besó con los ojos abiertos. Lamiste sin querer sus paletas. Bajaste a tiempo para vomitar sin que te viera. Él también parecía ebrio. Te pareció que moriría incrustado contra las enredaderas de Colectora, bajada Ugarte. Ya veías sus rulos chorreando sangre.

Tu papá reía sin motivo en el sillón del patio.

TU PAPÁ, TU MAMÁ, EL ESPÍRITU SANTO, DIOS

De chica te intrigaban dos cosas. Por un lado, la idea del yo. Si digo yo, a qué me refiero. Por qué todos dicen yo, aunque no sean la misma persona.

Cada disciplina tiene una explicación para ese asunto, te dijo tu papá. Pero te lo hago simple, hay gente que no se anima a decir yo, que prefiere la distancia. Como yo. Nunca hablo de mí mismo. Pero lo acabás de hacer, papá. A ver, si me preguntan cualquier cosa, enseguida te respondo: y vos qué pensás. Es una forma de borrarme. Eso no es cierto, le dijiste. El yo de mamá para vos no existe. Y el mío tampoco, porque me parezco a ella. No te equivoques, hija. De tu mamá, por suerte, no heredaste nada. El tiempo me dará la razón, sos carne de mi carne. Nosotros no abusamos del yo. Somos siempre el otro.

El otro para vos no era bueno. Tenías terror a que el espíritu santo entrara por tu ventana y te dejara encinta. No sabías bien qué era eso de la cinta, pero luego del asunto nacía Dios y no querías ser su madre.

Tu mamá te había leído un confuso pasaje en el número 3 de la colección de *Vida de Santos* en el que varios creyentes abordaban el caso, discutiendo si la concepción estaba o no en la Biblia y si la virgen en efecto era inmaculada. *La mujer cuando conciba y dé a luz varón, será inmunda siete días,* afirmaba la publicación más adelante. ¿Se equivocó Dios? La pregunta te desconcertó. Y abrió una puerta, la de la duda. El puñal de la duda es el que más duele.

Por si acaso, bajabas religiosamente la persiana, cualquier ruido te hacía temer. El movimiento de cualquier cosa, la agitación de los árboles, eran la antesala de tu miedo. O de la llegada del gran Violador, con alas y recado.

LOS CHICOS, EL ESCRIBANO

En la segunda salida conociste a los chicos, tan callados, impolutos. Parecía que te estaban midiendo. Por eso, porque ya habías atravesado tanta desgracia, te dedicaste a disimular.

Ellos tan sin madre y vos con ese útero ermitaño.

Cuando subieron a los botes del lago, te tocó el más enclenque. El escribano y el mayor pedaleaban rápido, te molestó que fueran tan competitivos. Podías perder en todo, pero la velocidad era tu punto débil. Miraste al chiquito y él te miró con ojos de huérfano en recuperación.

Ganemos, dijiste, él asintió con el sombrero calado hasta las orejas. Entonces le viste las patitas cortas y te pareció que se le iban a desarmar. Imaginaste su tronco mutilado, las piernas solas sobre los pedales en medio del lago.

Mejor lo dejamos. Él se puso mal, no pudiste soportarlo.

Lo sentaste en tu regazo y pedalearon con locura. El escribano los vio pasar como un rayo y llegar primeros al puente. Más tarde, comiendo maní, tumbados en el pasto, el chiquito dijo que nunca había sido tan feliz. El otro solicitó cambiar de parejas para el domingo siguiente. Tu desesperación fue un éxito. El escribano te guiñó un ojo y vos casi te largás a llorar. Tu soledad, ese ladrillo, podía revertirse.

Un sol antiguo se coló entre ustedes y entendiste por primera vez lo que era ser querida por tres hombres. Aunque la sensación resultara un poco turbia, en realidad.

TUS ABORTOS

No trajiste muchas cosas. Apenas unos canastos con ropa, las revistas de santos, y los plantines de quinoto.

La primera noche esperaste a que el escribano se durmiera, revisaste el sueño de los chicos. Querías estar sola para trasplantar a los tuyos.

La noche no se quedaba quieta y te pareció que las raíces se alargaban solas hacia la tierra como llamadas por un influjo poderoso. La oscuridad se alimenta de sí misma. Pero no basta.

Los pusiste en el rincón más brillante, donde el sol se demora al mediodía, dejando unos centímetros entre ambos para que tuvieran espacio personal. No es bueno que un aborto se confunda con el otro. Cantaste un Salmo y luego besaste sus hojas lúcidas. *El que habita al abrigo del Altísimo, morará bajo la sombra del Omnipotente.*

El escote del camisón se te mojó al usar la regadera. Así de húmeda, soñaste con tu mamá.

TU PAPÁ, LAS COMPAÑERAS, TU MAMÁ

De adolescente, ser hija de un proctólogo te daba vergüenza. Si te preguntaban en el colegio, decías médico clínico para evitar el gesto de pavor de las monjas. No invitabas a tu casa, la placa de la puerta era enorme. El sol iluminaba la palabra Proctólogo.

Igual no había amigas que invitar; para los trabajos prácticos ibas a la casa de las demás. Jugaban a restregarse en cuanto terminaban las tareas. Decían que practicaban para la vida adulta. Sentías terror, un poco de curiosidad. A tomar la leche te parecía una frase cifrada. Un modo de burlarse, entre procaz y perverso, de tu ignorancia.

Encima, todas con madre menos vos. Nadie sabía que tu mamá había muerto. El proctólogo no pisó el colegio para avisar del fallecimiento, y tu cara no cambió. Ya eras melancólica de antes.

Cuando terminó la secundaria las compañeras supieron cómo seguir. Se lanzaron a los brazos de novios que ya tenían dispuestos. Chicos bien de colegio privado. Altos y vacíos como nubes preciosas.

El pánico te sostuvo en casa. El encierro es tentador, se puede sentir el cuchicheo de las cosas respirando a tu compás. El silencio no existe. Siempre hay un pitido, un susurro, una señal. Los dedos tuyos en la cortina del primer piso y tu papá abajo, revisando negruras, hundiéndose en las paredes rectales de hombres abiertos.

En la escalera podías sentir los perfumes. Lavanda, gel, tabaco.

Las cenizas de tu mamá estaban en el aparador, atrás de las copas, en una urna con forma de nido. A veces la destapabas y te parecía escucharla. Su vocecita volátil pero graciosa mencionaba tal o cual trastorno de sus vecinos de inframundo. Tu mamá en ese nido mortal era exquisita. Casi podías sentirla crecer con la tapa puesta.

De noche, mínimos espasmos parecían sugerir que saldría viva de aquel encierro, convertida en ave, en angelito de yeso. Orabas para que sucediera. Pero es sabido, Dios es sordo.

TU MAMÁ, LOS SANTOS, DIOS

Pasaste años leyendo los 48 números de la revista *Vida de Santos* que habías heredado de tu mamá. Te sabías de memoria algunas biografías. Tus preferidos eran dos. Un servidor de enfermos pobres, que había vencido el vicio del juego, y una joven mística estigmatizada, sufriente por amor a Dios.

Te dolían los ojos de mirar lo divino, pero no había con quién compartir. Habías crecido escuchando a tu mamá reivindicarse frente al Señor cada noche. Sus intentos de suicidio la habían dejado en mala posición frente al Altísimo. Era extraño que Dios pudiera ver con precisión lo que sucedía en tu casa estando tan alto. Tan allá. Pero nunca preguntaste al respecto. Acatar era tu manera.

La muerte de tu mamá frustró la colección y quedaste obligada a repetir el límite de los 48 números, ad infinitum. Te sentiste envenenada desde entonces. Tu alma incurable y sola vagaba por la casa como una aparecida a la que nadie ve. De qué sirve una fantasma si no tiene espectador.

LOS PILETEROS, LOS DE ENFRENTE

Los pileteros llegan a las ocho y no compraste el decantador. El escribano trajo la boya para las pastillas de cloro, el barre-fondo y la paleta recoge-hojas. Pero el decantador te tocaba a vos. Y es justo lo que falta.

Te miran con piedad, los pileteros, buscando un enchufe para el motor. El cielo está como ido, sin nubes ni color. Ellos pescan hojas y flores transparentes del jazmín, con los auriculares puestos. Les ofrecés agua, no escuchan.

Pilas de desechos orgánicos se acumulan a un costado. No podés apartar los ojos de esa montaña jugosa, movediza. La vida inmunda de las piletas se arrastra por tus baldosas. Un sapo incoloro de tan lívido, los labios morados y la lengua afuera, corona el montículo más alto.

Los pileteros te miran mal y vos bajás la mirada. Querrías aclararles que todo eso no es tuyo. Que el descuido es heredado. Pero ellos siguen con los auriculares clavados a las orejas.

Estás por dejarlos cuando uno se dirige a vos.

Doña, te dice. Esto debe ser suyo, y te muestra una tanga grande, de raso, con los bordes comidos.

La prenda gotea sobre el sapo muerto, colgada en el aire por el extremo de la paleta recogedora.

Vos, que no con la cabeza. No, no, eso no es mío.

Pero a ellos les parece que si está en tu pileta es tuyo. O al menos es lo que se lee en sus caras temblorosas. El reflejo del agua sobre esos dos crea una ilusión de movimiento. Porque no se han movido.

Vas hacia ellos con cierta solemnidad para agarrar la tanga muy seria. Y retorcerla sobre las dichondras como si fuera un cuello. El agua negra se escurre entre tus dedos. El tufo es inconfundible: huele a los de enfrente. Es una señal del otro lado.

¿Cómo cruzó la calle?

Mientras los pileteros meten los restos orgánicos en bolsas verdes, se te presenta la idea de que hay un canal entre la vida y eso otro que te cuesta pronunciar. Ese canal está en tu casa. O tal vez, en tu cabeza.

Vas al lavadero, a poner la tanga de raso en el lavarropas. Sola. No puede coincidir con la ropa de los chicos. Te tienta incorporar al lavado una prenda del escribano, pero la idea te hace sentir siniestra. Jabón líquido, suavizante, y al cabo de una hora, antes de que los pileteros te digan que tenés el pH bajo, la tanga se contonea en la soga de la terraza.

Es una trampa para los de enfrente. Un llamado.

UNA CHICA TÍMIDA, OTRA MALA, EL SACRISTÁN

Conminada a hacer algo tras el duelo, sugeriste ayudar en la iglesia más cercana, pero tu papá se negó. Ayunaste a modo de protesta durante cinco días y al primer desmayo tuvo que ceder.

Te aceptaron en la parroquia tres veces por semana, como ayudante última. Los primeros encargos fueron barrer y pasar el trapo a los pies desnudos de unos ángeles de madera.

Había dos chicas más, una tímida que veía poco, y otra casi pelada que parecía recién salida del reformatorio. Actuaba una bondad que no coincidía con su cara. En cuanto el sacristán salía, ella le tocaba las cosas. O más bien, lograba que las cosas la tocaran. Se pasaba cerca de la ingle todo lo que encontraba: copones y manteles, 32 candelabros, cálices, casullas, agua, un manutergio. Decía que, al contacto, se volvería buena. Que las cosas sagradas contagiaban su saber. Pero la acción te parecía osada y repugnante, en partes iguales. Cuando el sacerdote usara los objetos sagrados ya no lo serían. La chica, según tu opinión, les habría contagiado sus olores, su maldad, y no al revés.

El mal es más invasivo que el bien.

Al cabo de un mes, desaparecieron el Crucifijo de la Buena Muerte y la Medalla de San Benito, que según el cura habían sido reconocidos por la Iglesia como un auxilio contra la tentación, el peligro, el mal, y, sobre todo, como mitigador a la hora de la muerte. Ella, la tocona, te acusó de haberlos sustraído del escritorio del párroco que, tras un exorcismo de urgencias, había dejado sin llave.

Sabías muy bien el significado de las siglas S.M.Q.L. «Venenosa Es Tu Carnada» y de I.V.B. «Trágatela Tú Mismo», que ella te dedicó, por lo que decidiste no volver a la iglesia. La tímida simuló no haber oído ni visto, el sacristán te pidió que besaras los pies de tres menesterosos reales que siempre tenía a disposición, y la mala te amedrentó con un velón. Renunciaste por temor a los pies sucios.

Tu fe iba a ser tuya, directa y solitaria. Qué se puede esperar del mundo si la gente más interesante está muerta. Dios, por ejemplo. Los vivos lejos, los muertos también. Vos en la mitad. No hay espacio ni asunto que te consuele.

LA PERRA, LA FLORISTA

Fue ella, en su primer escape, quien te arrastró hacia el cementerio. La perra, de la basura, pasó a aficionarse a las flores del puesto junto a la entrada. Su idiotez parecía un cólico, así de inmanejable.

Aquella tarde el portón trabado y vos, atrasada como siempre. Chicos sonaba, y sus caritas inocentes relampagueaban en verde. Cuando activaste el portón, el chirrido insoportable, la perra salió corriendo. La seguiste con el auto.

La viste arrancar los penachos rojos del tacho más bajito del puesto de flores y continuar su carrera. Los penachos se balanceaban entre sus dientes como pájaros sin alas. La llamaste a los gritos, con el odio en cada ¡perra! No podés llamarla de otro modo.

Los vivos no tienen nombre.

Entró al cementerio con los penachos en la boca. Las hebras rojas simulaban un camino áspero hacia el infierno.

Habías jurado no pisar ese lugar, pero detuviste el auto. Te bajaste junto al umbral. Los latidos veloces y los ojos como de plástico transparente, estabas paralizada.

El olor flotó sobre vos, se te metió en la nariz y te forzó la boca, como un beso de lengua no deseado.

La perra, ajena a tu pánico, persiguió a un gato tan flacucho como ella y se perdió entre las bóvedas de granito. La florista te hizo señas.

Corriste hacia el auto, el pie contra el acelerador.

SAN IGNACIO, TU MAMÁ, TU PAPÁ

Al cabo de un tiempo, te pareció oportuno ocuparte de vos. No del cuerpo, sino del alma. Conseguiste un ejemplar de *Exercitia spiritualia* de San Ignacio de Loyola (1548), en una librería de usados sobre avenida Maipú. Costaba menos que un café con medialunas. Robaste unos pesos de la billetera de tu papá para comprarlo. Sin culpa. Él debía ocuparse de tu educación.

Habías leído en la *Vida de Santos* que era un texto imprescindible. *Ejercicios Espirituales para vencer a sí mismo y ordenar su vida sin determinarse por afección alguna que desordenada sea.*

Los ejercicios requerían de un retiro silencioso y de un tutor. A falta de ambas cosas, nombraste a tu mamá como directora y destinataria de tus acciones y reflexiones.

Practicar el silencio te pareció sencillo, un proctólogo carece de conversación. Al menos el tuyo, tu papá, si algo sabía era guardar silencio. Podía estar horas sin pronunciar palabra.

Las oraciones y los ejercicios mentales estaban organizados para cumplir en treinta días. Por eso, al terminar, reiniciabas. Sentías predilección por el quinto ejercicio. Traer los cinco sentidos: *Oler y gustar con el olfato y el gusto la infinita suavidad.*

Qué placer el conocimiento olfativo del mundo. Comenzaste por la urna de tu mamá. Encontraste al menos tres aromas: la porcelana no es inodora como podría parecer. Huele a tiempo, a un pasado de hornillo místico y temperaturas. Las cenizas, a bosque, es decir, a pensamiento vertical que conecta los tres mundos. Por otro lado, percibías un dejo a pelo quemado, a las uñas esmaltadas de tu mamá.

¿Eran reales esos olores? A veces, dudabas. Tal vez el fantasma de tu progenitora era eso. Un cuerpo ausente que se conserva en la nariz. *Aunque este deseo es penetrante y hasta doloroso, se experimenta como un placer. Es un hambre mejor que cualquier plenitud, y una pobreza mejor que cualquier riqueza.* San Ignacio era tu mentor portátil. Lo llevabas por toda la casa.

LOS PACIENTES, LOS SANTOS, JESÚS, TU MAMÁ

Adelgazaste, de tanto aspirar a la pureza. Andabas en ayunas esquivando a tu papá, sin salir, olisqueando los rincones. Clasificando en la memoria la fantástica diversidad olfateable del mundo.

Y tu papá se cansó. Ya había tenido suficiente con los desvaríos de tu mamá, estaba harto de flojeras. Te impuso ser su secretaria por un sueldo mínimo.

Comenzaste sin voluntad a llevar la agenda de turnos de su consultorio, a recibir a los enfermos. Cada día, la sala se llenaba de pacientes, ninguno sentado. Esperaban sostenidos por una mesa alta, de espaldas a vos. Ojeando revistas de pesca.

Se te ocurrió introducir el número 33 de tu colección. Los años perdidos de Jesús. Un ejemplar único: *La perfección puede dañarse por exceso o por defecto.*

Secretamente esperabas un interlocutor entre los enfermos. Cada circunstancia imprevista parecía contener una alteración mística. Buscabas la extrañeza, pero no llegaba. La cordura era la norma.

Pacientes, los que esperan. Vos no. Impaciente y angustiada frente a lo que llaman realidad. Los hombres se manejan en la superficie. Nadie ojeó jamás tu revista. Decidiste retirarla, y rezar algunos versos inventados. Tu devoción era, es, poco dogmática, mal armada, sin el Dios de los demás. En su lugar, un grupo de santos menos pretenciosos, gente sufrida.

Ni infinita ni inmortal. Tu mamá era una.
Sin conciencia no hay sacrificio.

LOS CHICOS, EL ESCRIBANO

Pegados los globos en el portón, las guirnaldas en el techo. Papas fritas y salchichas sobre platos descartables en la mesa del comedor. Uno de los chicos cumple años, no sabés cuál. Sentís una distancia, como si tu vida le pasara a otra.

Las mamis de zona norte frenan un segundo frente a la puerta y se van sin comprobar si la criatura entró a salvo. Los de enfrente intimidan, o es que las mamis tienen poco tiempo. Apuro por recuperar su libertad transitoria.

El mago está atrasado y la animadora, demasiado seria. Entonces te das cuenta. Olvidaste retirar la torta. Vas a tener que salir corriendo a buscarla.

Ya vengo.

Mientras el auto retrocede, ves los bonetes de los chicos en el ventanal y te da pena dejarlos, no participar del festejo. Pero qué tedio sonreír, no es para vos. Lo tuyo es más fúnebre, solemne.

En lugar de doblar hacia la panadería, derecho a la Panamericana guiada por un impulso, Ramal Tigre. Peaje.

Suena el telefonito justo cuando estás girando en una rotonda con palmeras escuálidas. Cómo llegaste hasta acá. El mensaje del escribano te regresa al cuerpo.

Dónde estás, escribe. Acabo de llegar a casa y ya te fuiste. ¿Vamos a soplar las velas sobre la nada? ¿Qué somos, pobres? El payaso y la animadora quieren cobrar, la piñata no funciona. ¿Enloqueciste? ¿Qué clase de madre resultaste?

Escribís estoy yendo. Pero se te complica enviar el mensaje, no hay señal. El GPS te deja boyando hasta que anochece.

Recorrido involuntario de algunas calles dibujadas en tierra donde los loros han armado nidos como espirales, atenta a las señales de lo oscuro que se parece tanto a tu corazón.

Te cuesta reaccionar. Estás perdida, de nuevo. El cotorreo de los árboles se parece a tu alma, el sonido inasible, una tragedia de comunicación que envicia el aire. Los loros dirían quién soy, si tuvieran lenguaje. No como vos, tan abismada y en silencio.

LOS DE ENFRENTE, LA PERRA, EL ESCRIBANO, LOS CHICOS

Los difuntos, si pudieran, se divertirían con tu llegada. Rechina el portón sin globos. Parece que se agranda el volumen de tu auto o que el estómago se cierra. Milimétrico peligro de terminar atorada para siempre.

Te asusta la reacción del escribano, pero en la casa no está. Las luces apagadas. Ni rastro del cumpleaños. Solo una respiración trémula, a tu espalda. Al prender la luz, la perra. Mueve su cola amputada sin prestarte atención mientras devora con saña lo que encuentra. En lugar de detenerla, vas a la cocina a tomar un trago de leche. La botella fría rebalsa tu boca y los pezones se contagian.

Subís al dormitorio para abrir las ventanas. Que te vean así.

Los de enfrente disimulan haciéndose los muertos hasta que, al desabrochar el vestido, tu cuerpo mojado queda en evidencia. Te parece escuchar gruñidos sexuales, o serán los sonidos de la autopista.

La revolución hormonal del más allá, acá nomás. El infinito poder de la desgracia se sacude tras ese muro blanco. Los árboles más altos agitan las ramas guiados por la rotación de tus dedos. El cosmos parece depender de tus giros, del aliento sofocado que abastece a tu garganta.

La temperatura, la humedad y la luna se elevan justo cuando el escribano estaciona su camioneta frente al portón. Los chicos tienen coronas amarillas y hamburguesas en las manos. Parecen reyes enanos, grasientos.

El deseo se frustra con esa imagen de infancia triste. Los hijos descienden con torpeza del vehículo, cuanto más grande más difícil.

Tus rodillas se quiebran de arrepentimiento frente al crucifico de madera que está sobre la cama. Pero algo se ha encendido: con los muertos las reglas son otras. Tu cuerpo se libera de ciertas limitaciones, pone en duda su virtud.

TU PAPÁ, TU MAMÁ

Antes de recibirse, tu papá acostumbraba a matar el tiempo en la contemplación de las aguas del río Luján, en San Fernando. Salía de la casa familiar en la calle Del Arca y se adormecía sobre sus apuntes al sol, junto a la orilla.

Tu mamá era una chica bien del club náutico de San Isidro. Bien suicida. Que se hundiera en el agua fue una fatalidad con suerte. El proctólogo se tiró al río.

Pero el cuerpo de tu mamá en la corriente amarronada del Luján no era nuevo. Ya la conocían en San Fernando. Tantos intentos habían anulado el acto. Los suicidios eran parte del paisaje. Tu papá no lo sabía.

Ella remontaba el río cada sábado desde el puerto de Olivos en su lancha, muy temprano. Sentía una atracción inevitable por cierto recodo. La encontraban siempre ahí, balanceándose en el agua como una rama sin peso. Haciéndose la muerta.

De ese percance, naciste. El agua, la asfixia y un beso sopapa fueron tu mito de origen.

Concebirte anuló sus intentos, pero la muerte ya estaba en camino. Nunca se pierde, la muy viva.

TU MAMÁ, DIOS

Fui hecha para sucumbir, te dijo una vez tu mamá, cuando aún no sabías el significado de la palabra sucumbir. Se refería a sí misma.

Cuando la sacaban del agua ponía el gesto heroico de quien va tras una causa. La trenza intacta. Ella te enseñó bien a coserla, los dedos largos igual que los mechones han de tejer el pelo contra cualquier percance. Usaba hebillas y elásticos del mismo color.

Has soñado varias veces con ese mechón que gira como una hélice en el agua. La tradición suicida es el legado que recibiste. Ceñido.

Pero tu mamá no murió en el agua, a tu mamá Dios le jugó una mala pasada y se la llevó cuando quiso. ¿Es casual que en la palabra suicidios se oculte dios? Matarse es ponerlo en evidencia. El Altísimo no se dejó.

LOS PILETEROS, LA SANTA

Hoy, frente a los pileteros, te quedás como anestesiada. Cada vez que vienen pescan un objeto extraño. Dos gasas largas y sucias, esta vez. Como si fueran enviados por el Señor para desconcertarte

Es suyo, te dicen y vos, que no de nuevo. Ellos te miran con una especie de sonrisa desganada mientras se retiran.

Las gasas suben a tu nariz para ser olidas. El cloro ha eliminado su procedencia, pero te llama la atención que tengan manchas color vino, idénticas. Como gotas de sangre. De inmediato te parece que son las de tu mamá. Las vendas de estigmatizada que guardaste tras su muerte. ¿Qué hacen acá? Qué indican.

Para no llorar, vas a consultar el número 15 de la colección, el dedicado a Santa Teresa: La santa relicario. Leer te salva. Según la revista, su cuerpo fue troceado. Un trofeo, cada parte. Nueve meses después de haberla enterrado, abrieron el ataúd y encontraron que su cuerpo estaba intacto, no así los vestidos. Antes de devolverla al sepulcro, le cortaron una mano que cubrieron con una toquilla y llevaron a Ávila. De esa mano el padre Gracián se quedó con el dedo meñique, las monjas con un brazo. El pie derecho y parte de la mandíbula superior fueron a Roma. La mano izquierda, a Lisboa. El ojo izquierdo y la mano derecha, a Ronda. Pero esa mano, la derecha, la tuvo un dictador hasta su muerte, después de habérsela arrebatado a los republicanos. El brazo izquierdo y el corazón quedaron en sendos relicarios en el museo de Alba de Tormes. Y el cuerpo incorrupto en el altar mayor, dentro de un arca de mármol escoltado por dos angelitos. Un dedo, en la Iglesia de Nuestra Señora de Loreto en París. Otro, en Sanlúcar de Barrameda. Dedos y otros restos, esparcidos por España y toda la cristiandad.

Tal vez tu mamá está enviando señales a través de las prendas que caen al agua de tus piletas. Son trofeos que no terminas de entender. Después de reflexionar en vano, secarás las lágrimas en tus ojos con esas vendas. Pero, cuidado. Que la emoción no te obture el pensamiento.

EL ESCRIBANO, LOS DE ENFRENTE

En la cama, a oscuras, mientras sos introducida, te parece ver a los de enfrente agolpados en la ventana. Y de pronto, una familiaridad. Deseo de verlos de cerca. Al prender la luz, la visión del escribano es un espanto. Te decís que los muertos no pueden lucir peor. Mejor apagar la lamparita y seguir inerte bajo ese cuerpo. Pero tarda mucho en desahogarse: contás sus ah con urgencia. Nueve, diez. Que se espasme y derrumbe. Quince, dieciséis. Que muera. Perdóname, Señor.

El somier amenaza con vencerse, pero resiste. Tu alma, no. En algún momento, el silencio se estira y el escribano cae, como un ternero recién exprimido. Tu cabeza construye un hueco, el refugio en el que pasarás la noche, el sector hermético al que solo tiene acceso tu persona.

LOS DE ENFRENTE, LOS CHICOS

Antes del primer rayo, ya estás levantada preparando los cereales y las loncheras repletas de pollo frito. El olor quemado del aceite no logra espantar ese otro que ya se ha introducido. El tufo hipnótico de los de enfrente.

Cuando los chicos estén en las aulas y el escribano en su despacho, vas a salirte de la rutina. Te resulta fácil desprender tu yo de este paisaje, desecharlo.

La sensación de que tu alma y tu cuerpo no coinciden del todo, que no terminan de encontrarse, ya no te asusta. A veces es muy clara la impresión de que los demás son solamente un conjunto de órganos. O que hay almas que andan sueltas. *Imposible no tropezar con ellas.* La frase sale de tu boca en un susurro, los dientes apuntando al cielo.

Te mordés sin querer y te sangra un poco el labio.

LOS DE ENFRENTE, GERTRUDIS VÁZQUEZ

Es domingo y la familia pasea en bici. Pero esta mañana se te ocurrió simular una migraña. Que se vayan solos.

Ahora, desde este banco, visión privilegiada. Se ve tu casa. No solo las tejas rojas del techo a dos aguas, la ventana de los chicos y la tuya, las cortinas gruesas. También la terraza, la ropa tendida, los calzones del escribano, los pijamitas. La tanga.

Al cambiar de perspectiva, los de enfrente son el escribano, los chicos y vos. Las raíces de los quinotos pronto cruzarán la calle por debajo del asfalto y tocarán estos cuerpos que viven en sus tumbas.

Bajo tierra, la circulación es más atropellada que en la superficie. Las hormigas del barrio llevan y traen cortezas de todo tipo. Te parece que también trasladarán hacia tu jardín trozos de cajón, vestidos deshilachados, cabellos. El cementerio va a terminar en tu casa.

Así como las abejas trasladan el polen, las hormigas reubican a los muertos, desarman las mortajas y las guardan en el ropero.

Las antenas de la tv digital de cada terraza parecen captar con naturalidad el silencio atroz de esta mañana. A tu lado, sobre la tumba de una tal Gertrudis Vázquez, varias moscas copulan a su aire entre flores silvestres.

GERTRUDIS VÁZQUEZ, ROBERTITA, MUJER CELESTE, HOMBRE A RAYAS

A esta hora, te parece que hay más actividad en el cementerio que en el resto del barrio. El pájaro de las tumbas canta contra el universo. Su voz cortante llega hasta tu casa. Aunque sale de un cuerpo que intuís pequeño, parece amplificado. Su pico es un órgano maravilloso, suena libre o nervudo. Sonreís, pero no te registra. Mira sin ver, el muy idiota.

Un pájaro con ojos hacia adentro, que suena hueco y sin embargo sabe. Qué sabe. A qué sabe un pájaro de cementerio.

La mujer con camisa celeste se inclina sobre una lápida sin prestar atención a ninguna otra cosa. Saca malas hierbas crecidas. Se acomoda el pelo y cruza las manos a la altura de su pelvis. No sabés si reza o establece una comunicación sutil con su sistema reproductor. Mirando mejor, no está sola. Un anciano, con camiseta a rayas, ha quedado semioculto por el tronco de un paraíso. Espera que la mujer termine de decir lo suyo. Ella toca la cruz y se lleva los dedos a la boca. Ahora es el turno de él, que abandona el árbol y camina con dificultad. Es lento. Se sienta sobre la tumba de Gertrudis sin quitarse los anteojos. Saca un pañuelo del bolsillo y parece que tiembla. O se está tocando.

Más atrás, una señora con escoba nueva barre el pasillo y llena un balde. Canturrea. Su voz se iguala a la de las chicharras. Se turnan con el pájaro para cantar.

En los nichos a tu espalda, una tal Robertita sonríe de más entre flores blancas, a pesar de las telas de araña y el desconsuelo del viudo, que la llora en cada placa.

Tan distraída, no reparaste en la hora, se hizo tarde. Los ciclistas volverán hambrientos.

Junto a vos, un viejo perdido entre lápidas, los mocasines gastados del lado de adentro, como dos cajones de madera. No encontré a mi cuñado, te dice. Y vos pensás que, si no apura el paso, la parca lo va a encontrar a él primero. Mejor acompañarlo hasta la salida.

Al llegar a tu casa prendés el horno y metés el vacío. Pero no del todo. El tuyo sigue intacto.

TU MAMÁ, TU PAPÁ, LOS PÁJAROS

Fue unos días antes de tu cumpleaños. Habías leído con ella el drama de la Galgani, una santa bellísima, estigmatizada precozmente, y vos te diste cuenta. Tu mamá ocultaba estigmas propios que se abrían solo los viernes. No dijiste una palabra, ella tampoco.

Se los cubría con vendas que cambiaba tres veces. Te pareció maravilloso. Era una santa para vos, toda tuya.

Tu papá no se había percatado. Hacía tiempo que no dormían juntos. Tu mamá sacaba cada noche una camita supletoria en tu dormitorio. Cuando se quedaba dormida, apartabas las mangas de su camisón para contemplar las heridas. De rodillas, pedías al Señor. *Que la pasión se haga en mi carne, mete tu dedo en mi costado.*

Ese año, tu cumple cayó en viernes. Al traer la torta, tu papá la vio. Ella se miraba las gasas de las muñecas, inquieta por el fragor de la sangre. Tu papá se indignó y soltó una risa que ocultaba miedo.

Las vendas para una antigua suicida son de mal gusto, dijo.

Y sin darte el regalo, se encerró. Soplaste las dieciséis velas sola porque tu mamá dijo ya vengo, y salió a vagar por el barrio, como llevada por una audacia desconocida. Soplaste una vela, pediste. Soplaste otra, y así, hasta que no quedaron deseos ni fósforos.

Pasaban las horas, tu mamá no volvía. Tu papá roncaba. Te quedaste dormida en el sillón.

Ya cantaban los pájaros oscuros de la madrugada cuando fuiste a tu dormitorio. Justo en el borde de la cama te tocaste. Estuviste un rato largo con las piernas abiertas, intentando ver si con el placer solitario podías entretenerte de la vida domiciliaria. Pero no encontraste la emoción correcta. Tu cabeza remaba en contra.

TUS ABORTOS, LOS CHICOS, LA PERRA, EL ESCRIBANO

Es de noche. Los chicos se pelean por algo que no te importa y el escribano avisó que llegaría tarde, cena con clientes.

Llueve, y a vos te da por hundirte. Te cuesta la idea de la lluvia sobre los abortos. Una lluvia cada vez más inhumana. Hace rato que solo pensás en ellos.

Hay que calzarse las botas y abrir la puerta de vidrio con el paraguas abierto. Caminar sobre las dichondras esquivando las piletas hasta tus quinotos. Y estarse con ellos, mientras la tormenta se ensaña.

Es una condenación personal que el cielo te dedica. Soy mala, he sido. Eso dirías si tu boca no estuviera cerrada. Las encías apretando los dientes, así no se puede, no se habla.

Te gusta apretar, obturar la palabra hasta que duela. Callar rotundamente.

Son los chicos, los vivos, los que te hacen retornar de esa inmovilidad ridícula bajo el paraguas negro. Se rebalsó la pileta grande, gritan. Cubrís a tus quinotos con el paraguas y a la carrera, dónde está el balde.

Mientras el agua entra y sale mil veces, ves a los chicos imitando tus movimientos desde la ventana. Qué fácil sería hundirlos, ahogar sus cuerpos y redimir tu calvario. Pero chirría el portón y eso te salva. Pecar con el pensamiento o con la acción está prohibido. O estaba.

El escribano mete la camioneta sin rayar el chasis. Para esas maniobras es prolijo. Hasta parece inteligente. Después se le pasa.

Ahora te pregunta si olvidaste que hay un motor para vaciar las piletas. ¿Lo del balde es para presumir de atlética?

TU PAPÁ, TU MAMÁ, TU NOMBRE

A las cinco de la mañana el teléfono sonó, provocándote un sobresalto. Una voz masculina preguntó por tu papá. Un momento. Golpeaste tres veces su puerta.

Papá, un señor te llama urgente.

Se levantó desganado, no atiendo a estas horas. Te quedaste a su lado para escuchar la conversación. Tu mamá no había vuelto.

Paro cardiorrespiratorio, escuchaste. La voz traspasó el cuerpo de tu papá, parecía cortarlo en dos. Encontraron una mujer junto a la vía. Lamento comunicarle que la finada es su señora.

Tu papá colgó como un autómata. Qué pasó, preguntaste. Nada, te dijo.

Ese día fuiste al colegio a la hora exacta para el examen de física. No pudiste escribir tu nombre, lo habías olvidado. Pero te fue bien. Escribiste las respuestas como en trance.

Al volver a casa al atardecer, tu papa te mostró la urna.

Ahí descansa mamá, dijo. ¿Pero qué le pasó?

Tu papá temblaba mucho. No encontró las palabras. Cuando quedaste sola, abriste la urna, metiste un dedo. Chupaste discretamente las cenizas de tu mamá. Aquella pasta en tu lengua no se le parecía en nada. Tampoco el olor. Llenaste de pétalos la urna. El ramo sobre la mesa quedó desnudo.

El proctólogo lloró una semana hasta quedar seco. Vos, no podías. Esperabas una explicación. Luego entendiste.

Tu deseo había sido castigado. El gran ojo que todo lo ve no se pierde una sola masturbación. Y luego se venga.

TU MAMÁ

Si las ideas son como el agua, una corriente, un sistema que no tiene lugar, que sucede en todas partes, quién dice que un pensamiento no nace en la entrepierna y viaja por la médula hasta encarnar el Verbo. Las ideas son leche que no has de tomar.

El suicidio tiene un halo de aristocracia del que carece cualquier enfermedad, salvo la tisis. No tendré esa suerte, dijo tu mamá unos días antes de morir. Tenía razón. No se ahogó como esperaba ni tuvo tuberculosis. Las mujeres con clase quieren retirarse del mundo de forma romántica. Sobrevivir a la corriente era el verdadero pecado.

En el baño encontraste sus gasas, se las había sacado antes de salir, despedían un olor dulce. Las guardaste en tu cajón. No volviste a verlas hasta que los pileteros las pescaron. ¿Son las mismas?

Parece que el diablo te ronda. O sos vos.

PETRA, FERMÍN DI TULIO, ROBERTITA

La vieja del puesto junto a la entrada te miraba mal al principio, por culpa de la perra. Pero ahora estás pagando los penachos, también unos gladiolos. No para vos, para la señora de mármol junto al tanque de agua. Siempre solita, Petra López. Junto a ella, Fermín Di Tulio se distingue por sus camelias de plástico levemente mustias.

A Robertita le estás empezando a tener bronca, tan concurrida. Llama la atención con su melena rubia y labios rosa chicle, enmarcada en dos retratos abultados. Cada tanto, un curioso se detiene a leer su historia. Incluso a tocar.

Su viudo sigue sumando placas. Pide que lo lleve con ella, pero es obvio que Robertita no quiere compartir con nadie el éxito de su eternidad.

El viudo tiene las mismas iniciales que tu primer marido, el concejal. Sólo en eso se parecen.

EL CONCEJAL, TU PAPÁ

Lo conociste en el consultorio. Era un pelado que siempre pedía el último turno para no cruzarse con nadie. Mayor que vos, sin hijos. Lo supiste porque habías completado su ficha. Hemorroides sí tenía.

Una tarde de tormenta llegó al consultorio con una hora de retraso. Tu papá ya se había retirado. Vos repetías un texto sagrado cuando sonó el timbre.

Los Mártires con su propia sangre purpurados, los Confesores, radiantes con sus blancos vestidos, y los castos coros de Vírgenes forman ese majestuoso cortejo integrado por todos cuantos acá en la tierra se desasieron de los bienes caducos y fueron mansos, mortificados, justicieros, misericordiosos, puros, pacíficos y perseguidos por Cristo.

Quién es. El concejal.

Le abriste porque te dio vergüenza dejarlo afuera.

Nunca habías estado a solas con un hombre que no fuera tu papá. Olía distinto. A carne seca. Al cabo de un instante te preguntó si faltaba mucho. Para qué, le respondiste. Cuántos años tenés, te dijo. Y se le dilataron las fosas nasales cuando escuchó 27. ¿Novio? No, nunca tuve.

Empezó a llegar al consultorio fuera de hora, a propósito. En la municipalidad sospechan de mí, te dijo una noche fría. Y estoy decidido a acallar los rumores. Se bajó el cierre.

No temas, te pidió. Nunca estuve con una mujer como vos.

Y qué tengo de particular, le preguntaste.

Que sos virgen, ¿no?

Su erección a la vista te dejó sin respuesta. Te acercaste con curiosidad. Y sostuviste la culebra que pendía de él entre los muslos, parecía un látigo venenoso, aunque cortito. Ahí radicaba su mal, el mal del mundo.

Era el primer episodio sexual en el que te tocaba participar con otro. La repulsión inicial se transformó en osadía. Incluso usaste el dedo índice. Se lo enterraste hasta el fondo como si fueras tu papá, o el tiempo que se licua en un agujero cósmico. Necesitabas ofender a Dios para arrepentirte.

Antes de la salpicadura, el concejal te propuso matrimonio.

TU PAPÁ, EL CONCEJAL, EL INTENDENTE Y SUS SECUACES

Ya tenías fecha cuando a tu papá le detectaron párkinson. Lo único que lo aliviaba era el cannabis, pero en lugar de aceite, comenzó a fumar.

Qué incómodo escuchar su risita, los asaltos incontenibles, el carcajeo frente a los pacientes con los calzones bajos. De a poco empezaron a cancelar, ofendidos. El consultorio quedó vacío en menos de un mes.

Tu boda fue rápida y por civil, otra cosa no hubo. Solo un brindis en la municipalidad. Pocos invitados, de tu lado ni uno. Tu papá no llegó. Se había quedado dormido sobre la camilla del consultorio. Mejor. Le hubiera dado un ataque de risa ver al intendente y a sus secuaces masticando los canapés de atún. Tomaban los canapés del palillo y se los introducían enteros, chupaban el palillo desnudo, lo arrojaban al suelo.

Esas bocas tragando el hambre del que ya comió y practica la gula por deporte, te daban asco. Más que un festejo, parecía un velorio sin muerto. Tal vez la muerta eras vos. Deseaste que se descompusieran, sus vómitos rojos, el atún sobre los zapatos de marca.

Pero llegó la sorpresa. Un auto con moño en la puerta. Era para vos. Aplaudieron casi todos. El concejal tenía arreglos en una concesionaria.

Enseguida te anotaste en una academia, sacaste el registro y aprendiste a alejarte de esa vida tuya, tan incomprensible. Tan espantosa.

TUS ABORTOS, EL ESCRIBANO, UN TIPO DE RECEPCIÓN

Es mayo, estás a oscuras. El generador de la otra cuadra explotó hace un rato. Llevaste a los chicos a una pijamada de emergencia. Del otro lado de la avenida hay luz. De este, pura sombra.

Volviste sola disfrutando el silencio. Qué aguijón el ruido, qué púa. Ni siquiera entraste el auto, quedó en la vereda. No se veía bien. Una eternidad las llaves, embarazar la cerradura fue difícil.

Ahora, el movimiento de las velas en las paredes te asusta. Parece que la casa entera caminara en dirección a los de enfrente. Le pedís a la casa que se detenga, a ellos que no molesten, que hoy te liberen del horror. Pero entonces, un silbido desde el muro. Canta el pájaro de las tinieblas con su voz aflautada. A veces se burla de vos. Te parece escuchar, además, dos timbres ingenuos, nuevos.

¿Serán los abortos? ¿Saben cantar?

Abrís la puerta de vidrio, tiritando. La vela se agita y ellos sacuden sus ramas enanas con el viento. Sentada en el peldaño para verlos mejor, qué torpes te parecen, pésimos intérpretes.

Les decís basta, pero no hacen caso. Girarían si pudieran, para asustarte, pero la tierra los tiene bien agarrados de las piernas. Ganas de amedrentarlos con las tijeras de podar.

Los faros del escribano te detienen. A ellos también. La visión y el sonido se espesan.

Cuando el escribano toca bocina para que le abras el portón, silencio. Toca varias veces, no te ve, estás oculta entre los arbustos.

Se baja con furia, abre la puerta y se mete directo a la casa, maldiciendo tu nombre. ¿Estás sorda o sos boluda?

Tu cabeza no piensa, pero el cuerpo tuyo parece tener planes. Se mete en la camioneta. El motor está encendido. Marcha atrás, y luego, acelerar por Dorrego.

La autopista brilla, la camioneta vuela. Pasan los hoteles alojamiento como figuras derretidas. La emoción se te amontona en la garganta. Nunca pisaste uno de esos. Camas dulces para fornicar con un sabor que intuís amargo.

Al llegar a Don Torcuato, suena el telefonito del escribano, que quedó sobre la guantera. Vibrando, cae. No te importa. Tras pagar el peaje, un cartel oscila en rojo.

Placer Eterno, alojamiento vip.

Vas por el estacionamiento hasta la suite imperial. Se abre al introducir la tarjeta de débito. Enseguida, un tostado, un champán. Estás arrebatada como nunca.

Ahora, desnuda en el hidromasaje junto a la cama, ves tu cuerpo como si no fuera tuyo en el espejo del cielo raso. Te das cuenta de que nunca lo miraste. No te conocés los muslos ni las tetas. El corazón bajo el agua suena de más. Se te cierra la nariz y no sabés si es placer o terror eso que avanza.

El porno en el plasma te hace llorar, mejor apagarlo. Tu vida te hace llorar, no puede apagarse. Tocando el centro de tu cueva parece que te habita un animal. Que la noche no se detiene, constelada.

Al fin sola, vos. Tu galaxia separada del resto respira distinto.

Vas arrastrando los pies por la moqueta frente a tu imagen, que reviste la habitación de arriba al suelo. Multiplicada, carnosa. Liberada del ojo de Dios, seguro que acá no entra. El Mirón celestial, el Gran Voyeur, hastiado, ya no distingue a nadie.

Cuando termina el turno, se te ocurre volver a pasar la tarjeta para pernoctar, aunque tus ojos no tengan sueño. La suite huele a fiebre, a perfume azucarado. Pero no te queda saldo. El escribano controla los gastos, pone topes.

Cerca de las doce, te parece mejor avisarle. Sin saldo, la puerta no se abre. Tendrás que marcar tu número, dar explicaciones. El escribano quedó en la casa con tu teléfono.

Dónde carajo te metiste, te dice en cuanto atiende, me robaron la camioneta.

Por un error me la llevé. Estoy en un hotel alojamiento de la Panamericana.

El escribano enmudece.

No me puedo ir, me quedé sin saldo.

¿Me estás jodiendo? Con quién estás en el telo, hoy es nuestro aniversario.

Por eso vine, era una sorpresa. Feliz día.

Te corta. La noche te mira fijo aunque la habitación sea ciega. La bóveda celeste es un techo que se hunde igual que vos. Pasan las horas y el escribano no viene. A eso de las cinco, te parece mejor vestirte, pedir por teléfono que venga el de recepción.

El tipo no acepta tu anillo de oro como pago. Pero golpea tu puerta, se baja el cierre del pantalón y te dice que va a ser rápido.

La moqueta te deja las rodillas marcadas.

EL CONCEJAL, EL BOCETO

La intención del concejal era ser padre rápido. Necesitaba una familia para la campaña. Se venían las elecciones y él aspiraba a la intendencia por tercera vez.

No era conversador ni estaba interesado en agradarte, se limitaba a seguir tus menstruaciones como si fueran los horarios del tren Mitre. Para ser más efectivo, se manipulaba solo el día de tu ovulación. Y cuando estaba listo se introducía.

La fornicación era su descarga las noches de luna llena. Vos, hasta que uno prendió. Positivo. El concejal te felicitó, sin brindis. Nada de alcohol para la preñada.

Tus tetas crecieron, parecían faroles. Guardaste a los santos en el ropero. Era sobrenatural hacer una persona, ser habitada. Aunque tu fruto fuera un embrión inaccesible, soñabas con él. Un cuerpo del tamaño de una larva, igual que los renacuajos que crecen ahora en tus piletas. Soñabas con el boceto de rana: desnuda en el río entre hojas tiernas, los muslos abriendo. Uno que se introduce. El parpadeo de su cola acuática que no está en ningún lugar, que te ocupa entera.

A veces, la sensación de tu hijo en el ojo, otras, en una pierna. Eras la pecera, su cristal. Siempre dormida, en cualquier lugar del dúplex. Los labios blandos, la cabeza hacia atrás.

El concejal, no. Terrible. Te prohibió que salieras. Hasta el tercer mes, reposo absoluto, dijo. Para que prenda el pibe. El boceto.

Te compró revistas con moldes para recortar. Niñitos de papel, criaturas falsas. Esperabas a que se fuera para subir al auto. Nunca te gustaron las manualidades.

LOS AMIGOS DE LO EXTRAÑO, UNA PIBA DE LABIOS FINOS, EL DEL PANTALÓN VIOLETA

En una de tus excursiones sin rumbo por los alrededores, descubriste a los Paranorma, un grupo esotérico con local en Munro. Frenada en un semáforo, el viento levantó basura que fue a dar a tu parabrisas delantero. El símbolo de Paranorma en un folleto te cautivó. Era un ojo verde encerrado en un triángulo. Te bajaste. Tu mano y el folleto sonaron como un aplauso al encontrarse en el aire.

Lo guardaste sin leer porque ya te tocaban bocina. Lo leíste en el baño como si fuera el umbral de algo perverso. Según el folleto, si algún signo extraño se presentaba había que concurrir sin falta.

Lo inaudito no tiene horario, decían. Hacemos guardia las 24 horas.

Estaban de prestado en el mundo, por eso no usaban nombres en Paranorma. Amigo era la única palabra habilitada para referirse al otro. Te pareció que había coincidencias entre ellos y vos.

Timbre no encontraste el primer día, tuviste que aplaudir y esperar a que la puerta metálica se abriera. Una piba de labios finos te dijo pase señora, sin mirarte.

Las paredes estaban tapizadas con recortes de titulares: *Cámaras captan actividad paranormal en un colegio de Irlanda. Muere Anneliese, la alemana epiléptica que se creía poseída por el demonio. Vigilador tucumano se espanta al ver que, de noche en un comercio vacío, las sillas vuelan solas.*

Junto a una mesa, dos amigos de lo extraño se filmaban mutuamente, en busca de alguna alteración en sus córneas, en sus auras. Al verte, el de pantalón violeta dijo: vos traés una verdad.

Nadie te había hablado tan hermoso.

Te quedaste un rato ahí, entusiasmada con sus actividades, aunque no tuvieran que ver con tus credos. En algo hay que creer, pensaste. Te invitaron con unos brownies. A eso de las cinco, volviste a tu casa, a tiempo para detener el corazón.

Te brillaba la cara como una lápida nueva.

EL ESCRIBANO, UN CHICO

Después del episodio del Placer Eterno no se habló, era evidente que habías traspasado un límite. Pero no estás dispuesta a volver atrás.

El viento mueve las hojas de los árboles más altos y eso te desequilibra. Aunque la casa parezca igual que siempre, el terror a la intemperie se mete por los surcos de las puertas, de las ventanas.

Estás en la cama con el camisón de flores negras, te pusiste la tanga de raso. El escribano se cepilla los dientes frente a un espejo lupa y controla que no le queden restos. Frota su lengua contra el cepillo. La saca y la mete con un ritmo continuo.

El viento y tu tanga pertenecen a otro espacio, a otra habitación. Te parece que no están en sintonía. Por eso, que el escribano venga a la cama y vea la prenda carcomida te provoca inquietud. Que los mundos se crucen.

Te subís un poco el camisón, como por casualidad, y abrís ligeramente las piernas. El escribano se acerca, apaga el velador. Se escuchan sus dedos sacándose la ropa. Querés prender la luz y hundirle el hocico en la tanga para que huela el horror del otro lado, pero te limitás a sacártela a oscuras.

Cuando él te monta, el viento se enreda en el jardín y golpea a tus quinotos, son tan sensibles que palpitan a distancia.

Las ideas te desconciertan, ¿es el Sempiterno quien saca una pala y la clava en vos? La falta de luz te provoca esas imágenes. Todo negro y la carne entrando o saliendo, como la lengua y el cepillo.

Entonces, un grito suena cerca. El escribano prende la lamparita. Es uno de los chicos. Tiene pesadillas, gracias a Dios

Andá, te dice el escribano. Pero son tuyos, le respondés.

Ya no. Somos una familia.

ABORTO UNO, TU MAMÁ, EL DEL PANTALON VIOLETA, EL CONCEJAL, EL FOTÓGRAFO OFICIAL, UN QUINOTO

La tarde previa a tu aborto uno, tu mamá habló por primera vez desde la muerte.

El del pantalón violeta te había pedido que llevaras la urna con sus cenizas y vos se la diste. Introdujo un micrófono especial, de esos que captan psicofonías. Nada sabías del tema, el amigo te explicó: esto capta los sonidos de una psique inaudible para nosotros, una psique que está en otro plano.

Al principio no se oía casi nada. El vacío de la urna, un piélago en esa cavidad. Pero de pronto tu mamá dijo con voz rara:

Paritranaya sadhunam vinasaya ca duskrtam dharma–samsthapanarthaya sambhavami yuge yuge.

No lo escuchaste en directo, el susurro quedó grabado en la cinta.

Para la salvación de los santos, para la destrucción de los malvados, para la implantación de la justicia, yo me nazco de era en era.

La voz añadió algo que el del pantalón violeta tradujo como: mujer que se apagó en el suelo, la corriente te espera.

No entiendo, ¿aún se quiere matar? Te necesita, aseguró tomando tu mano y parando el grabador. Sos su vehículo.

¿Hacia dónde?

Le pediste la grabación y te la dio a cambio de unos pesos. Fuiste al auto a escuchar la cinta de nuevo, varias veces. La voz interpretaba exacto a tu mamá, aunque hablara en otro idioma.

Al llegar al dúplex, el concejal te esperaba de mal humor. Había organizado una sesión de fotos sin avisarte. Quería mostrar tu panza en un pasquín municipal, sumar votantes.

Dónde estabas, te preguntó con los ojos ardiendo. Te dije que no salieras.

Tuve una urgencia con papá, mentiste en un balbuceo, mientras ponías el nido de tu mamá junto a las copas.

El fotógrafo oficial masticaba maní frente a la mesita ratona. ¿Hacemos unas tomas?

Si no les molesta, me voy a recostar, dijiste al verlo. Estoy agitada.

El concejal se deshizo rápido del fotógrafo, subió al dormitorio y te insultó. Forcejearon.

Lo que pasó después no se lo contaste a nadie. Pero esa noche perdiste al boceto de persona. Luego, te encerraste en el baño. Al salir, el concejal no estaba y se había llevado la urna que contenía a tu mamá. Lo llamaste, no atendió.

Tu mal, ese coágulo, fue a parar al patio y quedó enterrado en suelo fértil. Lloraste mirando las estrellas hasta que el sol se filtró con timidez entre las ramas.

Pero esa muerte abonó un gajo que no recordabas haber plantado. Tu aborto nació en forma de planta de quinoto. *Paritranaya sadhunam. Yuge yuge.*

TUS ABORTOS, EL ESCRIBANO, EL CONCEJAL, TU MAMÁ, UN GRUPO DE ADOLESCENTES, LOS PESCADORES NOCTURNOS

Los chicos te recuerdan a tus abortos. Porque son dos. Pero el escribano es el reverso del concejal. Uno tan peludo, otro sin pelo.

Del concejal solo te quedó el dúplex en La Lucila y este abatimiento. Fuiste una mala inversión. Tu vientre, un estatus que no fue. Te pidió la nulidad. Y aunque la situación era un espanto, accediste.

Por la molestia te dejo el dúplex, sonrió. Quedamos a mano.

El día que firmaron la nulidad le pediste a tu mamá, sus restos, pero él simuló haber olvidado ese detalle. Su maldad te enloqueció, parecías un farol en cortocircuito.

Mientras el juez de turno estampaba un sello, tuviste que contener el deseo de lastimar al concejal. Te largaste a llorar, por vos y tu criatura, por tu mamá convertida en moneda de cambio, papel incinerado que no volvería a respirar. El juez pensó que estabas enamorada y conminó al concejal a repensar el asunto. Tu grito dijo no y tus pies corrieron hacia la puerta.

Huiste angustiada del tribunal y tomaste la autopista, tan desesperada, que te pasaste de barrio. Había nubes bajas y seres sombríos atados a sus cañas. Dejaste el auto por ahí y continuaste corriendo. El corazón rebotaba en las costillas.

Un grupo de adolescentes te vio pasar y se rio de tu aspecto. Sin los clips, tu trenza se había desarmado.

El tiempo se diluyó en la carrera y de pronto estaba oscuro. De regreso, no encontrabas el auto. Ni las llaves. Deseaste una muerte limpia, un asalto.

Los pescadores nocturnos estaban como ausentes, llevados por sus tanzas hacia el fondo. Te acercaste al más tenebroso, pero no resultó. Era decente. Te prestó el celular y conseguiste una grúa. Cuando llegaste al dúplex, te sangraba la nariz. Esa mácula caliente, en lugar de contrariarte, te calmó.

LOS CHICOS, EL ESCRIBANO, LA PERRA

El más chico dice que hay un murciélago en la pileta. Que lo escuchó hundirse, que su cabeza no. Permanece erguida, fuera del agua.

Le decís que eso es imposible. Que es un sueño, que mejor van los dos a revisar para que se convenza de que no es cierto.

Bajan la escalera de la mano, descalzos. El mármol te congela los pies. Tras correr las cortinas y prender la luz de afuera, te parece que algo real flota en la pileta grande. Ahí, te dice. Y señala una sombra inmunda que hace ondas negras. El farol del jardín amarillea sobre ese cuerpo repugnante.

Llamás al escribano, no responde.

Con el atizador de la chimenea en la mano, abrís la puerta. El viento cesa. Solo vos. Y el murciélago de la pileta. Dos polos atraídos.

Cuando estás a pocos metros, la luz del jardín se apaga. Las risas de los chicos no te disuaden. El atizador en alto y vos, quieta. Aterrada.

Unos segundos dura la broma macabra. Cuando encienden de nuevo la luz, vas corriendo a la casa, repitiendo una oración contra el demonio.

Tú, Señor, verdadero doctor y dador, que eres Creador y Redentor, concesor y defensor, abogado y Juez terrible y clemente, que das vista a la mente de los ciegos, que posibilitas a los débiles para hacer lo que ordenas…

El escribano está junto a los chicos mirándote sin entender la maniobra.

Qué estás haciendo.

Enseguida, los gruñidos de la perra vienen desde la pileta hacia la casa. Cuando llega la ves mojada, sus huellas van a embarrar la pinotea del living. ¿Actuó de murciélago para perturbarte?

Que se quede afuera, está toda sucia, dice el escribano.

Por un momento no sabés si se refiere a vos o a la perra.

EL CONCEJAL, LOS FINANCISTAS, TU MAMÁ

Cuando viste su cara en los carteles de la autopista, la pelada enorme y la sonrisa fingida sobre el logo del partido, soltaste el volante. Casi te chocan. Al rato te llamó, como si hubiera sabido que lo tenías presente.

Necesito un favor. No puedo caer solo en una cena de mañana, vienen unos financistas. Te paso a buscar a las ocho y media, arregladita. Ah, y te llevo las cenizas.

No tenías opción si querías recuperarlas. A las ocho y veinticinco tocó bocina. No se dijeron una palabra. Subiste a su BMW como quien se somete a una operación de muela. El asiento hacia atrás, los ojos cerrados.

Aguantaste la actuación oficial en un restaurante fino, pero la noche parecía eterna. Lo viste ir al baño mil veces, gesticular de más con la nariz dura como un rebenque. Un viejo financista con las chequeras abiertas brindaba junto a vos y te tocaba el hombro con cualquier excusa.

A eso de la una, le susurraste al concejal cuánto falta, y le rechinaron los dientes. De regreso al dúplex le pediste las cenizas de tu mamá y él te pidió un café. No tenías. Él tampoco las había traído.

En la puerta le exigiste la llave, se hizo el indignado. Entró a tu casa dando un codazo y, sobre el sofá del living, te jineteó sin permiso.

Ya cantaba el pájaro más negro, el que anuncia el final, cuando su baba se secó en tu nuca. Te dio la espalda para vestirse y entonces imaginaste su cabeza rota, deseaste un hacha. Pero es sabido, el deseo es un invento de los cobardes.

Lo viste envolviendo los cubiertos de plata, salir del dúplex como un ladrón. Ni siquiera cerró la puerta.

EL ESCRIBANO, ROBERTITA, GERTRUDIS VÁZQUEZ, FERMÍN DI TULIO

Cada vez que hay un problema, el escribano te monta. Resuelve así. A los bifes. Y vos preferís la acción a la palabra, es más expeditivo. Nada que decir en las cenas, silencio en los almuerzos. Para eso sirven los chicos: disimulan el vacío y la ansiedad que los circunda. Si se cae un vaso habrá tema para unos diez minutos. Aunque luego el escribano los mande a su cuarto y el hueco vuelva. Vos sos el hueco.

A veces te da la sensación de que hay capas telúricas que los separan. El mundo acá, vos en ninguna parte.

Cuando los de enfrente se asoman, ya les conocés el olor. Robertita apesta a tabaco, la Vázquez, a semen viejo. Petra, la de mármol, viene poco, ya no le queda estructura ósea ni hedor, le cuesta moverse. Fermín Di Tulio no se acerca tanto. Se hace el interesante. Anoche te miró con ternura, o te dio esa sensación.

A pesar de que sus ojos no tienen color, le tiraste un beso apurado, y él pareció entender. El escribano prendió la luz sin aviso, pero no vio nada.

¿Qué hacemos? Un poco de concentración, mamita.

ABORTO DOS, UNA AMIGA DE LO EXTRAÑO, EL DEL PANTALÓN VIOLETA, UN PIBE SIN GUANTES

Un espermatozoide del concejal, lamentablemente, llegó a buen puerto. No lo supiste hasta el mes siguiente, cuando una amiga de lo extraño te miró fijo y te dijo: ¿Estás preñada? No, respondiste. Pero tu orina le dio la razón.

Te sugiero un clandestino acá nomás, en Boulogne. El fetito viene con mal karma, mejor prevenir.

Tu mamá estaba de acuerdo, según el del pantalón violeta. Dijo que no debías replicar al concejal, que intentaras la pureza, que tenerla por misión a ella ya era suficiente. Que si bien esperaba en el más allá, no tenía tiempo. La muerte es limitada, hay que pasar de casillero. Tu mamá todavía no descansa, está en tránsito, aclaró el de los pantalones. Aunque ella no hubiera dicho nada, replicar al concejal, esa idea, te daba pavor. No era humano parir algo suyo, quedar atada a un canalla con veleidades que era capaz de romper a quien se cruzara en su camino.

El feto dos era inadmisible. Mejor hacerlo santo antes que condenarlo a una vida de humillaciones y desprecio. Entregarlo al Señor, ese gran coleccionador, que cuida de sus ángeles mejor que de los vivos.

Al otro día, en Boulogne, un pibe sin guantes te dijo: va a ser tan rápido que no te vas a dar cuenta. Cuánto tenés.

Menos de un mes.

Me refiero a la plata.

Agarró tus billetes y no se lavó las manos. La camilla estaba torcida, parecía un tobogán. El tipo llevaba unas bermudas y se hacía el apurado. Se sentó en un banquito muy bajo y vos pensaste que te ibas a caer encima. Llevaba unos anteojos de plástico que le sujetaban el pelo, son para ver de lejos, aclaró, parecían antiparras.

Cerraste los párpados por olvidar el asunto y te pareció que un buzo rascaba tu aliscafo, invadía el cuello de tu útero y seguía de largo. Rasgaba cada célula, mordía el interior de tu núcleo, salía por la boca, se hacía mundo, eras su Atlántico.

Volviste al dúplex con la sensación del cuerpo lacerado. Entre los muslos una mancha espesa, demasiado desarrollada para no ser nadie.

Aborto dos abonó la maceta del quinoto que ya estaba. Te quedaste la noche entera con ellos, en el patio. Las manos sobre la tierra, para no pensar.

A las pocas semanas, brotó el nuevo. Su tronco salió inclinado, pero las hojas se autopolinizaron correctamente. Decidiste concentrarte en ellos y no volver a Paranorma.

Acostúmbrense a la idea de cuidarse el uno al otro. Sin mantras lo dijiste. El mundo es un lugar hostil, hijos míos.

LA ESCRIBANA, FERMÍN DI TULIO

De la señora del escribano no sabés nada. La escribana, la bautizaste. Una mujer que no dejó huella. Un vacío que se esquiva como si fuera un pozo. Ni una foto o un objeto que se le parezca. Su ausencia es tan grande que no te la podés sacar de encima. Al buscarla en el ropero, en el fondo de los cajones, en el armario del baño, nada. Lo único que ves son tus propias cosas. La escribana no existe en la casa de las dos piletas. El único vestigio fue su traje de novia.

En el álbum de los chicos quedaron los espacios bajo el plástico transparente. Te inquieta pensar que si algo te pasara correrías la misma suerte.

Después te decís que la escribana no es tu problema. Aunque algunas noches, cuando te da por deambular en camisón mientras los demás duermen, te parece verla en el jardín delantero con los ojos clavados en tus quinotos y los brazos extendidos hacia adelante, como una sonámbula pedigüeña.

Ella tan cerca de los tuyos, del mismo lado. Y vos, con los de ella, acá. Los lazos alterados, las madres equivocadas. O no. Un ajuste del destino.

Ayer te paraste frente a ella, ambas en camisón. Fermín Di Tulio hizo un movimiento para destaparle las piernas, para mostrarte que no tenía ropa interior. Su vagina muerta y sin embargo peluda, palpitaba. Igual que un murciélago artificial, es decir, como la perra.

Esto no es una casa sino un complot. Aquí cohabitan los mundos, se aparean.

EL CHICO MÁS GRANDE, LA ESCRIBANA

No podés aguantar la intriga y vas con la pregunta al más grande. Cómo se llamaba tu mamá. Él te mira boquiabierto, dos vainillas en la mano derecha, un bigote de leche sobre el labio. Y dice tu nombre.

¿La ausente se llamaba igual? Qué inmoral el escribano. Qué básico.

LA PERRA, FERMÍN DI TULIO, LA VÁZQUEZ, PETRA, ROBERTITA, EL PÁJARO

Abrís el portón y la perra escapa. Rumbea para el cementerio. Dicen que los perros no olvidan a su dueño. O será al revés. Ya atraviesa la puerta principal y se dirige hacia las bóvedas de la derecha. Corrés tras ella para no perderla.

Un grupo de gatos al sol se dispersa en un segundo, usando las tumbas como escalera. La perra no modifica su trayectoria. Avanza inalterable, decidida. Parece manejada a control remoto.

La última curva la produce justo entre Di Tulio y Gertrudis Vázquez. Después de varios rodeos absurdos en torno al tanque de agua, frena junto a Petra y te mira con la lengua colgando. Sus colmillitos brillan en una especie de sonrisa afectada mientras un hilo de baba se menea como si quisiera decirte que olió tus intenciones y va a proteger a su escribana.

La risa de Robertita retumba en el paredón y regresa a su nicho como un yoyó imbécil.

El pájaro dice Puaj. Hora de volver a casa.

TU PAPÁ, UN BARRENDERO

No recuperaste las cenizas ni volviste a ver al concejal. Pero te quedó el dúplex. Tu papá se instaló con vos. Alquilaba el consultorio y se fumaba la renta.

Fue por no verlo. Empezaste a manejar hacia el norte, primero por Libertador, luego por la autopista. Se te endurecía el pie, la sangre rebotaba en las córneas. Miedo a girar y, sin embargo, qué audacia. Pasabas autos repitiendo la cantinela en sánscrito, ya traducido por comodidad. *Para la destrucción de los malvados, para la implantación de la justicia.*

Pero tu parte preferida era *Yo me nazco, yo soy.*

Ahora, desde que estás en la casa de las dos piletas, no vas a visitar a tu papá. Ahí quedó, a su suerte. Plantó tanta hierba en el patiecito del fondo que casi no sale.

A veces estás un instante frente al dúplex, sin detener el auto. Hoy, por ejemplo. Viste una jaula vacía junto a la ventana del primer piso, y evocaste a tu mamá. Tu pie aceleró de manera tan brusca que casi pisás a un barrendero. El tipo apartó el cepillo a tiempo y te lo arrojó como si fuera una lanza. Doblaste en la primera esquina.

LA ESCRIBANA, LA PERRA, LOS PILETEROS, DIOS

De pronto, te late el corazón con una fuerza peligrosa, parece tu sangre un líquido más denso, que se agolpa y derriba las venas como un río blasfemo, desbocado. Te vas a poner las zapatillas, vas a correr con comodidad y estrategia. Si la escribana está enfrente, la perra conoce su ubicación. Tal vez los penachos que roba son para ella. Cuando se vayan los pileteros vas a dejarla salir. Pero cancelan su visita. Y te da por sospechar. ¿Acaso están complotados con las fuerzas del inframundo? Quizá los fetiches que pescan en tus piletas son engaños que tiran antes. La tanga, las vendas, su recolección podría estar pergeñada de antemano para manipularte.

¿Trabajan a favor o en contra de Dios?

Vas hacia las piletas en traje de baño, dispuesta a introducirte. El sol está débil, los baldosones húmedos. Los pelos se te erizan al primer contacto con el agua.

Mejor pensar desde la orilla.

EL ESCRIBANO, LOS CHICOS, TU PAPÁ, TU MAMÁ, LA INSULSA MAL, LA MODISTA, LA ESCRIBANA, EL CURA, LA TÍMIDA, LA MALA

Tu segunda boda fue en la parroquia de Jesús del Huerto, dos meses después de conocer a los chiquitos.

El escribano parecía fácil. Un tipo ya hecho. Con hijos crecidos que solo había que trasladar por el barrio, tu barrio, a sus actividades ya dispuestas.

Un mes antes de la boda, el escribano apareció en el dúplex con un paquete envuelto en papel de seda. Era el vestido de novia de su primera mujer. Le juró en su lecho que la próxima lo usaría, si se volvía a casar. Al abrirlo, descubriste dientes de polilla sobre el tafetán del vestido. El color marfil que no había sido devorado estaba duro. El escribano insistió.

No te veo con otra cosa. Te quiero igual.

¿De muerta?

La modista de la calle Ayacucho que lo había confeccionado alteró el modelo original, pero el arreglo no pudo disimular el halo triste de la antigua dueña. La sensación mortífera en cada pliegue contagiaba sus formas de esqueleto antiguo, de mujer sudario.

Podrías haberte negado a usarlo, pero te nació una especie de rivalidad al comprobar que la otra fue más gruesa. Disfrutaste cuando la modista tomó de aquí y de allá con alfileres en la boca. Era un modo de expulsar a la escribana, un exorcismo estético. Tu vanidad te condenó.

El día de la boda, la parra que envolvía la parroquia estaba seca, igual que tu vestido. Como eran segundas nupcias para ambos, no hubo arroz a la salida. Tampoco invitados. Los chicos parecían verduleras raras con esos canastos colmados de pétalos. Roedores desprolijos.

Tu papá al principio parecía serio. Pero el recorrido hasta el altar lo hizo conteniendo la respiración. Todo le hacía gracia. Su asfixia dificultaba tu conexión silenciosa con la divinidad, es decir, con tu mamá, a la que imaginabas llegando al cielo, al fin.

El matrimonio te hará una persona de bien, te había dicho. No fornicarás por fuera.

El escribano se empeñó en usar el mismo traje con el que se casó, aunque la panza actual arruinara cualquier viso de elegancia. Y vos, disfrazada de escribana parecías su fantasma. Entraste a la iglesia como un Lázaro recién cosido.

El cura estaba viejo, los ojos casi blancos. Se dirigió a ustedes como si estuvieran a escasos centímetros de su boca. Susurraba y se mordía los labios, pasaba páginas que no leía, hacía girar en el aire su índice, quebrado por la artrosis.

Tu papá, para disimular la risa, empezó a toser. Por eso no escuchaste el sí del escribano ni te moviste hasta que agarró una de tus mangas con fuerza y te introdujo la lengua como quien pesca sin mosca. La manga se deshilachó a la altura del hombro. De la impresión se te cayó el ramo. Los chicos se tiraron al suelo y hubo un forcejeo intenso que el escribano reprimió con una patada.

Cuando terminó el escándalo, miraste hacia la sacristía. Ahí estaban la tímida y la mala, más viejas, espiándote. Les sonreíste para lastimarlas, aunque no fueras feliz. Ellas no lo sabían.

Después de la ceremonia, el grupo fue a cenar a una parrilla del puerto. Asado y molleja para todos. Los barcos agitaban sus velas como muñecos a cuerda y la noche parecía inmensa, de tan inestable y ruinosa. Brindaron con los mozos y se retiraron del lugar dejando poca propina y a los chicos con el proctólogo.

Aunque fuera un abuelo postizo poco fiable, no quedaba otra.

EL ESCRIBANO, LA PERRA

Al llegar a la casa de las dos piletas la perra alzó sus patas sucias sobre tu vestido, a modo de bienvenida, y rasgó la falda, ligándose una nueva patada del escribano.

Bicho de mierda, dijo.

Te alzó para llevarte aúpa hasta el dormitorio principal. Temiste caer rodando. Su aliento a molleja era indisimulable. Te acomodó sobre la cama como si fueras una escritura. Se chupó los dedos.

Cuando llegó la hora de estrenar los cuerpos, lo viste más feo que nunca. La parrillada nocturna había encerado su pelo. Imaginaste que la cruz sobre el respaldo de la cama se precipitaba sobre esos rulos esplendentes y que él caía en un letargo trágico, luminoso y, sobre todo, mortal. Lamentablemente, no pasó. Se fue quitando la ropa hasta aparecer en toda su dimensión. Un laberinto de carnes. Bien rojas, sin cocción. Le pediste que bajara la persiana. Se negó.

Enfrente solo hay muertos, mamita.

Por suerte la cosa duró poco y agradeciste al Eterno tanta insolvencia. Su precocidad fue un alivio. El tafetán de la escribana quedó manchado con la breve evacuación y terminó en el suelo. Lo pisaste para ir hacia el bidé.

EL ESCRIBANO, FERMÍN DI TULIO

Solo con Di Tulio se te arrebata el cuerpo. Sus ojos inmortales no se apartan de vos. Cada roce con el escribano está dedicado a él, pero ni así un poco de placer.

Fermín permanece pensativo, contemplando sin ver. Abstraído de tus apuros libidinales. Su melancolía te desarma.

Ahora, hace rato que el escribano destruye la noche con sus ronquidos. Y Fermín se asoma, hace un gesto.

Vas hacia la ventana, donde te espera del otro lado del vidrio. Tus tetas podrían disolverlo. Di Tulio acerca su cara y se queda quieto, como quien escucha un corazón transparente. Después se arrodilla y pega un lengüetazo a la altura de tu entrepierna.

Eso ves. Y te espanta y enamora al mismo tiempo.

UN CHICO, EL ESCRIBANO, LA ESCRIBANA

Te toca retirar a un chiquito de su clase de tenis, la vereda del club está llena de autos en doble fila. El pequeño no sale. Niños con bermuditas blancas y polvo de ladrillo en los talones buscan a sus madres estacionadas y a vos te da por adivinar a qué modelo van a subirse, hasta que la calle queda vacía y no te decidiste a bajar, aguardando a que apareciera el tuyo.

No podés volver a casa sin el chico. Vas desganada y entonces descubrís que ya cerraron la puerta. Tocas timbre, primero con discreción y luego sin cuidado. El dedo adherido hasta el fondo. Por una ventanita a la altura del ojo aparece la portera del club.

No quedó nadie, te dice, como subida a un banquito.

Pero me falta un chico, le respondés. El papá va a matarme.

La portera se ríe con la frase y a vos te molesta su mueca. Cierra el ventanuco y quedás inmóvil frente a la puerta. Marcás el número del escribano con una ligera convulsión en el estómago.

Ya en la noche, él se pasea en calzones con las medias puestas. Trae una botella de champán al dormitorio. Los chicos duermen.

Le decís que no estás de ánimo para festejar y que la próxima vez que falte alguno a tenis te avise con tiempo.

¿Está muy ocupada, la señora?

El muy imbécil se ríe y el corcho sale disparado hacia la boca de la perra, que lo escupe de inmediato. Fuera, le dice mientras la ahuyenta y cierra. El escribano te pide que te acerques para llenarte la copa.

Hoy vendí un campo, dice. Y a vos, voy a encarrilarte, vamos por buen camino. Me vas a salir buena. Levantemos las copas.

Ahora te muestra las paletas blancas para agregar: quiero otro.

¿Otro qué?

Hoy te hago una nena.

De qué murió la escribana, le preguntás sin brindar.

Qué escribana, te contesta. Y te da una palmada en el culo.

Tu mujer, ¿la olvidaste?

Qué decís, mi mujer sos vos. ¿Ya estás borracha?

La mamá de los chicos, la dueña del vestido apolillado.

Pero él cambia de tema: hoy vamos a hacerlo con la luz prendida, para variar. Total, no creo que les moleste a los de enfrente. Y no te acuestes, nunca lo hicimos de parado.

LOS CHICOS, ROBERTITA, FERMÍN DI TULIO

Una mala noche la tiene cualquiera, pero suena el despertador y no te movés. El escribano sigue durmiendo como si nada. La alarma es un tema tuyo. Te toca levantarte despacio, esquivar el espejo.

A los chicos hay que agitarlos varias veces, meter a presión las tostadas. La salida siempre es ruidosa. Hoy no. Tal vez escucharon la discusión, la copa estrellada contra los azulejos del baño. Los alaridos del escribano.

Esta mañana, ni siquiera te sacaste el camisón de flores negras. Te pusiste las botas y el abrigo. En silencio, los chicos suben y bajan del auto. Desaparecen por la puerta del colegio.

De regreso, vas directa al cementerio. El cielo está cubierto de costras blanquecinas. Si abrieras la boca, puro vapor. Frenada junto al tanque de agua para llorar, los pocos visitantes no se sorprenden con tu pena. Estás en el lugar perfecto para que la desdicha sea invisible.

Robertita se asoma un instante para ver si es para ella ese dolor. Su narcisismo es aplastante. De lejos, lo ves a Fermín, de espaldas, acodado en una lápida oscura, besando a una mujer. Solo ves de refilón el perfil de ella. Por desgracia, entre los amantes y vos se interpone un árbol.

Vas hacia ellos con el pecho cerrado sin registrar el golpe que se viene. El faro delantero de tu auto contra la corteza de un paraíso. La visión de los espectros se pierde.

Va a ser incómodo llamar al servicio mecánico desde acá. Sin contar con la cara que va a poner el escribano cuando vea cómo quedó el auto. Pero al girar la llave con miedo, el motor arranca.

Das marcha atrás muy despacio, basta de Di Tulio. Los tríos no te interesan. Y menos si dos de los tres están muertos.

LA PERRA, TUS ABORTOS, PETRA, ROBERTITA, DI TULIO

El tiempo gotea por la pared de la cocina mientras la perra deglute su comida y vos mirás tus quinotos. La lluvia adelantó su maduración.

El quinoto más alto ya tiene la estatura de un niño que camina. Lástima que no pueda. El otro está torcido y blando. Parece desconocer las leyes del equilibrio y se apoya en las ramas firmes de su hermano. Te da pena su estado. Que no se muera de nuevo. Lo tendrías que apuntalar y luego hablarle. Tu voz parece un rezo. Estás de rodillas ahora, rogándole que continúe, que no te deje. Unís las manos hacia el cielo como una virgen sucia.

Ahora es tiempo propicio, ahora es día de salvación.

La flor del cactus está abierta y la arrancás entre espinas para ofrendar su belleza al aborto enfermo. Se lastiman tus dedos y varias gotas de sangre van a parar a la boca, que chupa como si fuera el jugo de una granada oscura.

El silencio del barrio a esta hora te reconcilia con la tragedia. Pero entonces te parece sentir una voz que no es tuya. Un susurro pegajoso, como de gusano.

El volumen de las lamentaciones crece y te parece reconocer a Petra, la de mármol. Tiene la boca llena de muerte, pero no para. Dice cosas terribles. Robertita intenta callarla, no lo consigue.

Aunque estás en tu jardín delantero, los gruñidos de Petra son cercanos. No vienen del paredón sino de tu rejilla. Si te arrodillas ahí y pegás la oreja, se escucha perfecto. Habla de tú para hacerse la interesante.

La de mármol critica a Di Tulio, dice que es un alma en pena. Que ojo con esos. Luego su monólogo se bifurca y dice cualquier cosa. Se le mezclan los asuntos, debe ser el despiste de estar fuera de juego. Habla de ramas vestidas que caen al agua. Después, te susurra un Cuídate, como si fuera una tía y no una vieja descompuesta.

Y tiene razón. Mejor olvidarse de ellos. Que la vida esté de este lado.

En un rato salen los chicos, hay que comprar unas galletas, regresar a los quehaceres de tu clase. Estás viva y acá. Basta de coquetear con lo negro.

Los 48 números de *Vida de santos* irán a la calle, junto al canasto de la basura. Y vos, al almacén, lista para ser una simple mortal, previsible y austera.

EL CONCEJAL, LA EMBARAZADA PERFECTA

Al entrar al mercadito, te ves reflejada en la pared de vidrio donde están los chocolates. Los pelos sin peinar, el camisón de flores negras más largo que el abrigo. Que nadie te vea.

Pero, a punto de pagar en la caja, alguien dice tu nombre desde la góndola de vinos. Es el concejal, del brazo de una embarazada perfecta. Maldecís tu suerte, no hay modo de evitar el cruce.

Mi mujer, te dice de lejos, señalándola. Ella se acaricia la panza.

A vos te toca acomodarte el pelo cerrando sutilmente el abrigo, intentando una sonrisa, que no sale. La preñada es alta, rubia, pone cara de buena. Pero se le ve la astucia. Te mira mal, con desprecio.

Cómo está tu papá, se atreve el concejal.

Bien, gracias. A la que extraño es a mamá, a ver cuándo la tengo de regreso, ¿no?

Mal momento, te corta en seco. Yo te llamo.

Le das la espalda, y en lugar de llevar solo galletas, se te antoja una botella de gin.

LOS CHICOS, EL QUIOSQUERO, EL CONCEJAL

Por suerte tus revistas seguían en la vereda. Las guardaste junto a la caja con el vestido roto de la escribana, que el escribano insiste en conservar. Quién te dice si no serás la fantasma de la mujer que venga después. ¿Sos una muerta en futuro o en pasado?

Dejaste a los chicos frente a la tele con la merienda y gritaste ya vengo. Ahora, frente a la municipalidad, estás bebiendo gin del pico. Decidida a recuperar las cenizas de tu mamá como sea. El sol te besa el cuello y sin embargo estás gélida. Angustiada.

Intentando recordar los días felices, te parece que son pocos. Apenas unas imágenes mal engarzadas donde estás con tu mamá. Esa que ya no es ni un lugar donde arrodillarse.

Mejor salir del auto, el encierro te asusta. Y quedarse ahí a la sombra de un plátano antiguo. El concejal no sale. La tarde empieza a desvanecerse en el suelo. El gin te acaricia la garganta.

El del quiosco deja de mirarte para guardar los diarios, que se agitan como pájaros secos. El viento que viene del río hace más incómoda la espera. El quiosquero se va. La calle se vacía.

Cuando te das cuenta del absurdo, ya te bajaste media botella. Al auto y a casa, te dice lo que queda de tu conciencia. Pero ves al concejal que saluda a una secretaria en la puerta de la municipalidad. Se cierra el saco y cruza la calle mirando el celular.

A tu pie derecho le gustaría pasarlo por encima, pero no te da tiempo. Una camioneta blanca realiza tu deseo frenando tarde, justo después del impacto. El concejal vuela un metro y cae sobre el empedrado, su teléfono se estrella. La camioneta da marcha atrás y se da a la fuga.

Pasan unos segundos, qué desconcierto. ¿Será el alcohol y acá no pasó nada? Bajás del auto implorando que no se muera el concejal, al borde del llanto. Al menos hasta que te devuelva las cenizas.

Está quieto sobre los adoquines. De su cabeza pelada gotea una hebra de sangre. Algunas personas se acercan. Podrían haberlo hecho antes. Hay que llamar a una ambulancia, dicen varios. Que la policía tome declaración.

Te agarra un vómito atroz que no vas a reprimir, así te limpia un poco. Qué sensible, dicen algunos. No puedo ver sangre, contestás.

EL DEL CHICLE, EL CONCEJAL, EL CIRUJANO, EL ESCRIBANO, UN ENFERMERO ANODINO

El conductor de la ambulancia te pide que lo acompañes, luego no te habla más. Se dedica a masticar un chicle verde. El grupito de testigos tardíos quedó con el patrullero.

La ambulancia atraviesa el barrio a toda velocidad, con vos sentada frente a la camilla del concejal, que quedó mal enganchado y se golpea en cada frenada. Ganas de descender y correr hacia tu casa.

El del chicle hace globitos que salpican ligeramente al ser explotados. La sirena parece una pista para improvisar. Son los nervios los que te incitan a cantar al compás, *En la arena he dejado mi barca,* porque el pelado, ni un atisbo de vida. Apenas un chirrido, su respiración.

Ya le avisaste al escribano que hubo un accidente y estás yendo a la clínica con un desconocido que fue atropellado. Pero te cortó, receloso. ¿Otro telo? Sentiste rabia. Imaginaste que era él quien agonizaba. Lo viste muerto al escribano, sobre una chapa, los cachetes rosados abiertos en mariposa. Como un puerco que no termina de enfriarse al salir del horno y despide olor a costra. Mejor rezar. Es el mejor antídoto contra la imaginación. *Que sus heridas sean vendadas por tu mano, oh, Señor. Mira cómo sufre su cuerpo, líbrale de sus aflicciones.*

Ahora, en la sala de espera, sola. El diagnóstico, pésimo. Como el teléfono del concejal no funciona, estás a cargo. En la clínica te retienen como testigo.

El cirujano de turno te informa que el concejal se debate entre la vida y la muerte. Esa frase te asusta, te parece que habla de vos y no del herido. Desde que murió tu mamá, ocupaste ese lugar intermedio. Ahora él te lo arrebata. Vos, la que busca un pañuelo y se suena la nariz al costado de la inicial bordada en rojo. Vos, la que tiembla frente a una puerta vaivén.

Váyase, pero deje su número, te dice un enfermero anodino. Será una noche larga.

EL CONCEJAL, EL CIRUJANO, LA PERRA, TUS ABORTOS

A eso de las cinco te avisan que el concejal sobrevivió a la operación. Despertará en un rato. ¿Lo puedo ver?, le preguntás al cirujano. Te habilita.

Abandonas el sofá donde pasaste la noche junto a la perra. No quisiste subir y enfrentar al escribano, que usara tu cuerpo para su beneficio.

La perra te sigue hasta la puerta del auto como si entendiera la situación. Y eso te reconcilia. Te dan ganas de quererla, que sea tuya. Nada es tuyo en la casa de las dos piletas. Ni siquiera tus abortos, que se habituaron al sector de tierra en que los pusiste y se han mezclado con las plantas vecinas, olvidándose de su origen trágico. Las begonias y los pensamientos los seducen con simpleza, con su vegetalismo ornamental.

En la clínica, el cirujano te acompaña hasta la puerta de la habitación donde duerme el concejal. Hasta acá, te dice con un gesto. Mejor no perturbarlo.

Mirás al herido, lívido sobre esa cama automática de sábanas gruesas. La luz artificial y el miedo te intrigan. A pesar del daño que te causó no hay sentimientos impuros en tu corazón.

El cirujano es requerido, debe atender un llamado urgente. En cuanto se va, caminás hasta el concejal con los labios hirvientes. Ya te has dado cuenta. Está más de aquel lado. Y murmura ese mundo.

Dice: hay poca luz, unos animales raros me husmean. El cielo no tiene color, mis hijos me miran. El más alto corre, el otro es rengo.

Su voz es un susurro entrecortado. Te quitás el abrigo y al verte en camisón, te parece que estarás más cómoda en su cama. Junto a él, la sensación de que ocurre la felicidad, aunque la idea sea confusa, inesperada.

¿Habla el concejal o es tu mente la que inventa sus dichos? No importa, mientras percibas con él ese terreno donde los quinotos son niños y no necesitan regadera.

Tus hijos se comportan como seres de lenguaje y dicen: mamá, te extrañamos.

Dejan de ser abortos por un instante, se convierten en consolación.

LA EMBARAZADA PERFECTA, LOS CHICOS

La embarazada perfecta grita al llegar y su voz te despierta de un salto. El concejal sigue duro, ajeno. El sol entra por la ventana.

Qué hace con mi marido, señora, te dice, y una mueca de repugnancia le toma la boca.

Te dice señora para decirte vieja, aunque no hayas cumplido ni 33. Alguien le avisó que atropellaron a su marido y ella tuvo tiempo de pintarse los párpados de celeste, de untarse con manteca de cacao los labios.

La tipa te espanta como si fueras una mosca y te acerca el abrigo, histérica. A vos te da por ser lenta para dejar la cama. Esa ralentización de movimientos la exaspera.

Qué le hiciste, grita la embarazada desde la puerta, abandonando el usted para señalar que no te respeta.

Te lo estuve cuidando, idiota. Pero ya me voy. Es la hora de mis chicos, las tostadas. Es la hora de mi vida. Eso podrías decir. Pero te vas sin pronunciar una oración, sin perturbar una ceja. El rostro tieso hasta la salida.

EL ESCRIBANO, TUS ABORTOS, LOS DE ENFRENTE, LOS CHICOS

En casa te espera otra crisis. El escribano sonríe con cinismo al verte entrar en camisón y te dice hablemos, esto así no va.

Te insinúa una separación transitoria mientras revuelve un té y vos, por tus quinotos, que no. La idea de trasplantarlos de nuevo, de perder a los de enfrente, te resulta insoportable. Regresar al dúplex, atender a tu papá: insostenible.

Cae tu cuerpo en el sillón como el de una desamparada que jura un cambio de comportamiento.

Los chicos bajan con sus mochilas y no pueden disimular la risa desde la escalera. El escribano dice: basta, no se burlen de mamá, necesita recostarse, está indispuesta. No hizo las loncheras, se olvidó de ustedes, así que yo los llevo al colegio y les compro unos sándwiches por el camino.

Los chicos, en lugar de ofenderse, festejan y salen sin saludar.

El instante de humillación valió la pena cuando chirría el portón y la camioneta se aleja con ellos adentro.

FERMÍN DI TULIO

En la ducha, Fermín junto a la cortina. Te estás enjabonando de más para entretenerlo. Di Tulio parece más taciturno de lo habitual, si cabe. Te gustaría que te arrastre a la cama, que abra las piernas. Sentir su boca en todo el cuero. Aunque si miraras bien entenderías que es la soledad quien te ha hecho su presa. Él no se ha movido.

Toma, Señor, y recibe, toda mi libertad.

La voz te sale fea, con mal tono. Envuelta en la toalla, él te sigue por el pasillo hasta el dormitorio. Se detiene frente a tu cajón de ropa interior. En cuanto intuye el raso, se aleja.

La histeria no es solo patrimonio entre los vivos.

TU MAMÁ, ALGUNOS PERROS

Sueño ridículo. Tu mamá vivía en una casa isleña, había perros que hablaban dormidos. En sus fauces vibraban todo tipo de preocupaciones. Desde teología a vagabundeo, y ella te decía ¿ves? saben hablar, de día no los entendemos. La tiniebla es luz al revés. El lenguaje en lo oscuro se ilumina. Vos querías hablar de ella, no de perros ni de luz.

Cómo estás, le decías. Pero tu mamá te miraba la boca sin comprender. Sólo tenía capacidad para ellos. Un perro andrógino se acercó a tu oreja y te propuso que hicieras algo con tu vida. Como qué, le preguntaste. ¿Suicidarte? Y gruñó de risa.

Ahora suena la alarma que avisa que la alarma de los chicos sonará en una hora. El tiempo tironea de vos. Te aleja de lo trascendente.

Volvió y te miró de lejos. Había algo distinto en su manera de acercarse. Gateó hacia tu cama, o algo parecido. La mortaja parecía la cola de un animal desteñido. Frenó a olisquear tus zonas bajas, hipnotizado.

Jugaste a apartarlo con una pierna, pero su regodeo erótico te sedujo. Nada tan irresistible como un muerto. Su toque de trascendido, de superado, le confiere un aire decadente que tus contemporáneos vivos no tienen. Tal vez sea el traje sucio tan pasado de moda lo que le da ese aire de libertad gastada. Lo ves muy seductor. Él lo sabe.

Por eso acerca su cara a la tuya, se te sube encima. Al verlo sobre vos, el miedo se hace carne. Lo apartás de un manotazo con los ojos cerrados. Su boca huele a humedad vieja, aliento a caracol tiene.

RUBIAS PERDIDAS, EL PÁJARO DE LAS TUMBAS, LA ESCRIBANA, UN GRUPO DE DOLIENTES

Llueve. El cementerio mojado parece triste hasta que asoman tres rubias con un ramo de flores y un paraguas por la calle principal. Las ves ir y venir con un papelito en la mano. No encuentran a su muerto. Harta de sus devaneos, vas el sector tres. El más solitario. Ahí están los muertos viejos, ni una flor fresca.

Un gato hambriento te sigue. Sus colmillos te asustan. Maúlla fuerte, y tras él, el pájaro de las tumbas observándote, avanza de rama en rama. Se ha ocultado mal en la cruz más alta de uno de los pasillos. Mejor perderlo, bordear el panteón de ciudadanos ilustres.

Entonces, una imagen se te revela. La escultura elevada de una mujer con los brazos extendidos hacia adelante y las palmas hacia abajo. Está enclavada sobre la bóveda del colegio de escribanos. Te sorprende no haberla visto antes. Cómo pudiste no verla. Lo que es visible se nubla cuántas veces.

Alguien interrumpe la idea de que lo visible es invisible, etc., golpeándote por la espalda. ¿Fueron las garras del pájaro o las de Fermín? ¿Fue el gato o la escribana? No hay tiempo de saber, ya estás en el suelo, boca abajo. Las manos de la mujer enorme provocan una sombra a la altura de tu pelo.

Las rubias te rescatan un rato después. Te desmayaste, dice una. Arañazos te cruzan de lado a lado. Como si un diablo se hubiera afilado en vos. Las piernas al aire. ¿Dónde quedó la tanga? ¿La tenías? Por fortuna, no fuiste introducida. No hay evidencia ni dolor.

Al girar en el suelo ves que un grupo de dolientes sin flores hace ronda a tu alrededor, y sugiere denunciar, se indigna por la inseguridad en un lugar sagrado como este y se dispersa en cuanto la risotada de Robertita se confunde con un trueno. La certeza de una tormenta eléctrica arrasa con el grupo en un segundo o dos.

La lluvia está furiosa. Relampaguea y se estira en el cielo. Una batalla entre la luz y su contrario. Las rubias, bajo un paraguas, ofrecen su camioneta, pero señalando tu casa, te escuchan decir: vivo ahí nomás, no se preocupen. Y consienten en abandonarte.

La alarma chicos suena justo cuando estás llorando en tu puerta, los pies empapan la alfombrita que dice Home. Te das cuenta de que no ingeriste alimentos en todo el día. Tu cuerpo es un monumento a la nada. Que suenen los chicos, no son tuyos. Nunca lo serán.

EL ESCRIBANO, LOS CHICOS, LOS DE ENFRENTE, LA DOBLE

El escribano llega con ellos a las seis.

Te prohíbo a los de enfrente, dice en cuanto entra. Me llamaron del colegio donde abandonaste a tus hijos. Qué hacías ahí, sola. De qué hablamos. Los chicos están cansados de vos, y yo más. Seamos normales, repite. Seamos como éramos antes.

Vos llorás, afirmando sus palabras con tu cabeza, aunque no sepas muy bien a qué se refiere con *antes*. A veces te da la sensación de que le habla a la escribana, no a vos. Te parece que sos la doble de ella, y no al revés. Los chicos no son tuyos, por qué te tira la responsabilidad.

Ellos piden por su mamá, te dice, y no tengo otra cosa para darles que explicaciones sin sentido. ¿Te parece justo? Si estás teniendo una aventura se pudre todo. Sin mí no estás para vivir. El pulso lo tengo firme, el arma se consigue fácil. Ya sabemos cómo terminan estas cosas.

El escribano habla como poseído hasta que pregunta si hay algo para comer. Por suerte, un pollito que pusiste a descongelar calma su indignación. Los chicos se suman el festejo, les encanta prender el horno, discutir por las partes más jugosas.

Enseguida, varias imágenes dramáticas te toman, te ocupan cada centímetro. Ves volar los cuerpos de tu familia por el aire y la exactitud con que cada uno cae en su agujero, del otro lado. Nadie dirá una oración, una palada de tierra y a otra cosa.

El clic del horno te regresa. ¡A comer!

Te distrae verlos masticar, no vas a probar ese cadáver con papas. Morderás una manzana, aunque no entiendan la alegoría.

LO DOBLE, TU MAMÁ, LOS SANTOS, DIOSITO

Si todo lo que existe es esto, la casa de las dos piletas, las contorsiones del escribano y llevar a los chicos por el barrio, el mundo te interesa poco. Pero reflexionando, el sentimiento no es nuevo. El doblez te ha servido para justificar las horas muertas, ir y venir del colegio al almacén, los embates sexuales del escribano, el concejal, el dúplex, la escuela.

La ilusión del más allá te ha mantenido acá. No sabés vivir de un solo lado. Morir tampoco te tienta.

Otra cosa era el tiempo de la infancia. Cuando bailabas con tu mamá en camisón, incluso sin música, después de peinarse. Primero ella. El tiempo se medía según las vueltas de su pelo.

Los santos movían los dedos como estrellas mudas. Los despegabas de las revistas, los hacías saltar hacia la ventana. Besabas cada imagen antes de dormir. En la mesita de luz, las imágenes y un rosario ocupaban el lugar donde otras niñas ponían juguetes de plástico.

Diosito no está, decía tu mamá, pero nos manda gente buena. Los santos son personas distinguidas que tienen relación directa con Él.

No como nosotras, tercerizadas. Eso no lo decía ella, lo pensaste en soledad, ayer.

EL ESCRIBANO, EL CONCEJAL, EL CIRUJANO, LA EMBARAZADA PERFECTA

El escribano tiene negocios que atender en Campana. Un auto se lo llevó de madrugada mientras te hacías la dormida.

Antes de acostarte, te hizo firmar un documento de Responsabilidad en Ausencia. *Si los chicos tienen algún inconveniente mientras estoy afuera, te expulso sin dilación de nuestras vidas. Baste el presente para justificarlo, para obligarte a renunciar a todo derecho.* Estampaste tu firma y aclaración, el número de documento.

Se fue feliz a sus quehaceres con el original, te dejó una copia.

Ahora estás frente al concejal. Has vuelto a la clínica, acaba de amanecer.

Por suerte, la embarazada perfecta no ha llegado y él sigue inconsciente. En ese estado, al borde mismo de la existencia, parece un hombre bueno. En cuanto te dejan sola con él, le acariciás la pelada con un dedo.

Si ves a mamá, quiero saber cómo anda. Al instante, el concejal se enciende. Tiene buena imaginación y dice cosas extrañas, con la voz pegada al paladar. Casi no abre la boca para decir: la mañana se inclina y tu mamá cae, la noche la levanta.

Es mejor que el micrófono de los amigos de lo extraño. Se escucha perfecto. Y encima, gratis, en castellano.

Cuando el cirujano entra, el concejal calla. El médico te dice que la embarazada pidió que te prohibieran el ingreso, pero que igual, podés venir a esta hora.

Le salvaste la vida al concejal, te susurra, con sus manos entre las tuyas. Si es que vivir así es vivir. Tiene los dedos calientes el cirujano. Un poco te gusta. Se parece a Fermín, pero vivo. Te entrega un papelito con los horarios de la embarazada perfecta para que no coincidan.

Ya en el auto te das cuenta. Escribió en letra chica su número personal.

LOS CHICOS, TUS ABORTOS, LA PERRA, LA DE MÁRMOL

La visita al más allá te hizo bien. Ahora podés levantar a los chicos y pasar el día sin disgustos. Toman el desayuno frente a sus pantallas y tus quinotos sonríen bajo el sol. Estás encantadora con la regadera en la mano. El más bajito se ve recuperado, o te da esa sensación. El tronco principal ya no está tan torcido. Hay que cortar unas hojas amarillas para que no absorban energía de más.

Hasta la perra parece piadosa. Mordisquea una nariz de plástico desde hace rato, tumbada en su rincón. Pero todo se crispa cuando vas al baño y Petra suena en la rejilla.

Desde el inodoro te comenta que parece que la van a exhumar. Y no solo le molesta el hecho de quedarse sin espacio, sino la palabra en sí.

Exhumar suena a que definitivamente me voy de lo humano, dice. Se venció el arrendamiento del lugarcito, y no tengo familia que pague a perpetuidad.

Llora mucho la de mármol.

Sentada en el bidet, le decís que no se altere. Que por suerte estás vos. Yo me encargo, Petra.

Al cerrar la canilla del agua caliente ya estás pensando en la chequera que te dio el escribano.

Para algo va a servir. Ya que no para otra cosa.

EL SUPERVISOR, PETRA, LA VÁZQUEZ, DI TULIO, LA ESCRIBANA, DIOS

En la oficina del cementerio pediste cita con el supervisor de exhumaciones forzosas.

Pero en el corcho de noticias, te atrae un aviso en particular. *Bóveda para cuatro, excelente ubicación, luminosa, a nuevo, con frente de granilla y puerta de hierro en dos hojas, altar oratorio, títulos perfectos y disponibilidad inmediata.*

Te tienta la idea de poner a tus conocidos juntos, a buen recaudo. Mejor tenerlos juntos ahí y no sueltos por tu casa.

El supervisor se sorprende cuando te escucha decir que tu intención era renovar a Petra, pero que tal vez te inclines por una bóveda. Inventar un parentesco remoto entre Gertrudis Vázquez, Di Tulio, Robertita y vos, no es complicado, pero el tipo te interrumpe.

Mejor asegure a Petra en tierra y lo demás lo charla con la almohada. Sacás la chequera.

Firme aquí, te dice.

Te vas con la seguridad de que Petra podrá seguir muerta por muchos años, pero al llegar a su tumba no da señales. O se hace la desentendida.

Cansada de su ausencia, y sin pensar, te vas hasta la escultura de la escribana, a buscar el punto exacto de proyección de sombra. Y quedarte ahí, reparada del mundo. Sus manos, un quitasol inmortal.

Se quiebra el breve trance por una especie de aleteo entre las rejas, un poco más allá de tu visión. ¿Será Dios? Al acercarte, te das cuenta. Es la tanga de raso. El viento te deja inmóvil frente a la visión extraña. Se te abren los ojos al máximo para entender, pero no pasa. A qué juega la muerte. Es evidente que la parejita de amantes te ronda con su malicia simbólica.

Tu nariz olisquea a distancia prudencial. No la vas a tocar.

EL CIRUJANO, EL ESCRIBANO, TUS ABORTOS

Llamaste al cirujano para preguntar si hubo cambios en el paciente vegetativo y su voz sonó más grave, como si estuviera en el quirófano, o metido en una caja.

Recién ahora te das cuenta de que arrastra las *eses* en una especie de exhibición erótica de sus capacidades. Esstass cossass hay que hablarlass en vivo, te susurra en el tubo.

Y vos le das la razón, que a qué hora.

Te parece que el cirujano habla embarbijado, las manos encima de algún cuerpo expuesto, como una araña sobre una flor. La promiscuidad te excita. Es la primera vez que alguien vivo te hace sentir algo.

TUS QUINOTOS, LA PERRA

El escribano avisa que la venta se postergó, que vuelve en un par de días. Los chicos están en tenis y, después, van a un cumple. Una mami se encargará del operativo de regreso. Qué alegría. Hay tiempo para estar a solas con tus quinotos antes del encuentro con el cirujano.

El más grande te llega a la cintura, le sacás una foto. Ya aceptaste la falta de simetría del más pequeño. Juntos ahora, les decís. Sonriendo. Los pequeños logros de los abortos te llenan de felicidad.

Sí, es una felicidad infrecuente, con gusto amargo, como esos caramelos que anulan las papilas gustativas. Pero la felicidad no se cuestiona cuando sucede.

Aparece la perra con la nariz de plástico chupada y deforme entre los dientes. Acá no, eh. Cucha, cucha.

Al salir, quedará encerrada en la casa. No te da confianza que ande suelta, arruinando el mundo con su locura.

EL CIRUJANO, FERMÍN, EL ESCRIBANO

El cirujano sin anteojos ni delantal parece un estudiante, un deportista. Bajo el *jogging* se insinúan sus virtudes naturales. La furia de la juventud se le amontona en el cuerpo, puja por salir.

Quedaste con él junto al río, en una parrilla ambulante. El tufo del choripán te provoca. Le mirás los labios sin disimulo, como si no fueras una mujer casada y él no fuera quien es, un cirujano sin mayores datos.

Debe tener la misma edad que Di Tulio. Pero el otro parece mayor por el asunto de la mortaja. Te arrastra hasta un sector rodeado de cortaderas. El chori queda sin terminar. De la salud del concejal ni se habla. La tierra en los muslos te resulta excitante, las medias sucias.

Hubieras muerto ahora, atravesada por su furia, pero la cara del escribano vibra en tu cartera.

¿Dónde estás? Me llamaron del banco por un cheque.

El triángulo es perfecto y por primera vez entendés el significado de la palabra orgasmo. El cirujano tiene los dedos entrenados, hace cosas. Parece que fuera varios, una multitud hurgándote con sutileza.

Al escribano le responderás después. Cuando la conciencia regrese a la cabeza, a cuatro patas, desde la entrepierna.

Ni Dios va a distraerte. Esa idea llena de prohibiciones ya no te cierra.

UNA MAMI, LOS CHICOS, LA PERRA, TUS ABORTOS

Llegás a la casa de las dos piletas al mismo tiempo que la mami que trae a los chicos. Ella estaciona y se baja con dificultad de la camioneta. Es tan bajita que parece una nena, como ellos, que vuelven agitados.

Nada que decirle, pero la mami te pone al corriente de sus actividades. El más chiquito no llegó al baño y al más grande le duele la cabeza. Gracias, y le das la espalda para abrir la reja. Ella queda con la palabra en la boca y no sabe cómo terminar la conversación. Queda hablando sola.

En cuanto el mayor abre la puerta de casa, la perra sale disparada hacia tus quinotos, como si hubiera planeado el ataque, y te obliga a gritar, enloquecida.

Por intentar una defensa, chau equilibrio. Qué triste verte caer sobre los abortos como un árbol sin raíces. Los chicos te miran con vergüenza y la perra se asusta. El quinoto menor queda bajo tus costillas y pierde varias ramas.

Tu llanto es un aullido. La mami te clava sus pupilas desde la vereda, después remonta la camioneta con dificultad y arranca. Qué delirio, dice. La gente está muy mal.

Los chicos tienen un gesto amable, te ayudan a levantarte. Estás brotada, con medio aborto entre las manos. La otra mitad del quinoto aún conserva algunas raíces bajo tierra. Pero tu angustia no se apaga.

Es solo una planta, te dice el más grande. Y vos lo mirás mal. La tensión abandona tu garganta, ahora se te acalambran las manos.

Cazar del collar a la perra fue un movimiento inesperado. Entren ustedes que ya vuelvo, les decís a los chicos.

Activado el portón, la perra va directo al baúl del auto. La rama quebrada del quinoto queda sentada del lado del acompañante.

La escalera suena fuerte cuando vas hasta el dormitorio. Último cajón, las vendas de tu mamá. Al bajar, tus pies producen una percusión extraña sobre los escalones.

Los chicos se largan a llorar en cuanto se cierra la puerta. Acelerando marcha atrás chirrían las ruedas, tu cuerpo, el portón, sus gargantas.

LA PERRA, EL QUINOTO, LAS VENDAS, TU PAPÁ, TU MAMÁ, LOS CHICOS, LA PERRA

La autopista está fluida. Lo único apretado son tus dientes. Una mandíbula mastica a la otra. Los ladridos de la perra se van apagando con las curvas. Solo sentís los golpes de su cuerpo contra los laterales del baúl, un peso muerto.

Panamericana ramal Tigre, bajada Irigoyen. Del Arca, al fondo.

Las casuchas antiguas han sido sustituidas por barrios cerrados. Palmeras ortopédicas marcan el camino hacia el agua.

El auto queda a pocos centímetros de la orilla. Al abrir el maletero, la perra sale corriendo como si huyera de la peste. Vos sos la peste. La ves desaparecer en la costanera.

Se te escapa una última respiración enquistada antes de abrir la puerta del acompañante. El quinoto está frío, con las fracturas a la vista. Parecen pelos electrizados sus ramas, pelos crecidos a pesar de la muerte. Con las vendas de tu mamá, vas a envolverlo. Pobre abortito vegetal, te recuerda a su trenza.

El agua está quieta. Parece loca, de tan inerte. Al caer, el quinoto quiebra la superficie como un espejo que se raya y se atraviesa.

Que tu espíritu limpie mi alma, así como el agua limpiará su cuerpo.

Flota tu aborto entre gasas, igual que una vela derribada por el viento. La tristeza se cuela en vos.

La tarde se te va mirando el río. Imaginando a la ahogada donde cayó tantas veces. Reconstruyendo el instante del que sos hija. La respiración boca a boca de la primera vez. Tu papá absorbiendo a tu mamá y vaciándola de muerte.

Si sos tan nerviosa es herencia del río, que ahora se levanta y golpea con furia la baranda.

Al regresar a la casa, las voces histéricas de los jueguitos te calman. Los chicos idiotizados comen vainillas. No preguntan por la perra y te evitan la culpa de haberla abandonado.

Casi no te prestan atención cuando tu voz dice: hola, ya volví.

En el baño, te sacas la ropa, vas a la ducha. Bajo el agua, se percibe otra respiración entrecortada.

Petra, ahora no. Necesito silencio.

Pero el jadeo continúa. Al correr de golpe la cortina, un pasmo. Es la perra.

Deja a tus pies las vendas mojadas que trajo entre los dientes. Quedan sobre la alfombrita como si fueran animales que apresó para vos. Luego te mira fijo, con aires de ceremonia.

Al salir desnuda la abrazaste, le pediste perdón. Ella se dejó.

TU PAPÁ, LA INSULSA, LA FALSA GERTRUDIS, EL ESCRIBANO, EL CONCEJAL

Mientras estás cenando, llamado urgente. Tu papá se cayó en la escalera del dúplex. Se quebró el fémur justo sobre la rodilla. Está siendo atendido en la clínica Maipú. La mejor, donde está el concejal.

Los chicos no quieren salir tan tarde pero no queda otra. Campera, gorros y a la calle. La insulsa malpeinada dice que te los cuida hasta las doce, que mañana tiene que madrugar. Y vos le decís que sí, que en un rato estás de vuelta.

El barrio a esta hora está desierto. Las casas parecen bóvedas cerradas, retraídas. Ni un auto circulando hasta la avenida. Tal vez tus vecinos han muerto, quizás no estás de este lado.

Vas directo a Urgencias, pero tu papá no aparece. Una enfermera desganada, similar a Gertrudis, pero sin el carisma de la Vázquez, te dice que está entrando a quirófano. Que tenés que firmar y decidir si los clavos o las placas.

Qué diferencia hay, la tipa no contesta. Te mira por encima de sus ojeras como si fuera sorda. Cuánto sale cada cosa, señorita.

Mensaje al escribano para decidir. Tampoco responde, aunque está en línea.

Póngale los clavos.

La imagen del proctólogo atravesado te parece más conveniente.

¿Yo? Se ríe la Gertrudis. Yo no le voy a poner nada.

Cuánto dura la operación, le preguntás a la idiota. La respuesta tarda tanto que te vas al baño sin la información.

El escribano te escribe Placas. Pero ya es tarde. ¿Y los chicos?, replica. Mejor apagar el teléfono que contestar.

Como el asunto de tu papá se dilata, vas hasta el concejal que está en el segundo piso. Las enfermeras no te ven, las tres de espaldas al vidrio mastican sobre las bandejas lo que los enfermos dejaron sin comer.

Tiene la puerta entornada, el concejal. Por ahí se desliza tu cuerpo. Junto a él un instante. Pero esta vez, el asco. Tiene el gesto repugnante de siempre, su maldad clasemediera estampada otra vez como un sello. Ahora que estás más afilada ves todo más claro. Tus abortos y gran parte de tu desgracia son obra suya.

Dónde está mi mamá, le susurra tu voz desde muy cerca, dónde la pusiste.

Su silencio te duele y jurás no volver. Es más, tus dientes muerden el borde de su nariz, como si fueras la perra. Tironeando de la carnecita hasta que cruje entre tus dientes. El concejal sabe a billete recién hecho. Ni se mosquea.

Tras limpiar su sangre con tu pañuelo, vas al piso de Urgencias, donde te informan que tu papá salió bien, que ya es tarde y está sedado, que vuelvas mañana.

Al llegar, la insulsa de la vuelta está de guardia junto a su ventana.

Cómo está su papá, te dice con mala cara en cuanto te ve. Lo dice desconfiando de tu salida nocturna.

Bien, internado.

Los chicos se durmieron en el sillón de lo tarde que se hizo. Una pena, pobres santos. Mejor los dejamos acá hasta mañana.

TU PAPÁ, LA FALSA GERTRUDIS, LA EMBARAZADA PERFECTA

Después de dejar a los chicos en el colegio, te vas para la clínica. Tu papá impecable, de buen humor. Las enfermeras lo llaman *Doc* y le sonríen como si fueran de la familia.

Qué divino, te dice la Gertrudis viva, que es bastante más joven que vos. Ya nos conquistó a todas.

Le entrega un flan fuera de menú y él chupa la cuchara como un nenito goloso.

Cualquier cosa, a tu disposición. La enfermera sale entornando la puerta.

Cómo te gusta ser el centro, eh, papá.

Él no reacciona y devora el postre.

Cambiá la cara, nena, que no se murió nadie. A que no sabes quién está en la clínica, te dice sonriendo. El concejal puto.

Y larga una carcajada.

Cuando vas a responderle, te das cuenta de que no está tan impecable como te había parecido. Le habla a la pared que tiene enfrente. Después levanta la vista.

La respuesta es sí, dice. Quiero quedarme con ustedes.

Con quiénes.

Con el puto y la embarazada.

¿Qué estás diciendo, papá?

Llevan desde temprano acá, velando por mí antes de que vinieras. Papá, por favor.

Ella me confesó que tiene a tu mamá en la panza.

Quién.

La embarazada, parece va a parir a tu mamá. Te lo digo en serio.

Te sentás a su lado a llorar tanto delirio como una mártir en potencia, mientras él termina el flan en silencio. Cuando vuelve la enfermera te explica que son los opiáceos y la morfina los que lo ponen así. Que todo está perfecto.

Mejor el pasillo, poner distancia. Estás esperando el ascensor con los ojos vidriosos cuando se abre la puerta y la embarazada perfecta te chilla desde adentro.

¿Otra vez?, te dice. Dejalo en paz a mi marido.

Le mirás las tetas pardas de rubia teñida, sin subir al ascensor. Sus aureolas oscuras se adivinan incluso con el corpiño enorme.

Vine por mi papá.

Ella te cierra en la cara la puerta automática.

V. TRAVERSO, ROBERTITA, LA INSULSA MALPEINADA DE LA VUELTA

Desde que regresó de su viaje, el escribano no te habla. Se limitó a secuestrar la chequera sin conversación alusiva. Y no te molesta el castigo de silencio, si te salva de sus manos torpes.

Es domingo, en tu casa no sucede nada, pero cuánta actividad hay enfrente. Ves una columna de autos seguida por un grupo nutrido de deudos y salís hacia allá, aprovechando la siesta del escribano.

La mañana es tibia, las hojas han caído apuradas durante la noche y los árboles han quedado en evidencia, desnudos.

Tendrás que apretar el paso para coincidir con el séquito. Con los anteojos de sol y el abrigo negro, no te hará falta llorar.

Nadie pregunta por el dolor ajeno, por si viene una respuesta. Robertita te mira sorprendida, algo celosa por la cantidad de gente que arrastra el nuevo.

Hace rato que las placas de su viudo son las mismas y las flores frescas fueron sustituidas por otras falsas, clara señal de que no vendrá por un tiempo. Ella no logra adecuarse a su desdén.

La comitiva avanza en perfecta mudez por la calle principal, a contramano. Y vos intentás adivinar la edad o el sexo del finado por el talante de los que acompañan.

Atraviesan el sector nueve y frente a los monoblocs de nichos se detienen. El coche funerario sigue sin disipar la incógnita. V. Traverso. ¿Hombre o qué?

Por favor, seis caballeros, propone un empleado del cementerio.

Seis jóvenes toman una manija cada uno. Te llama la atención el silencio y la corrección del grupo. Todo indica que se trata de alguien mayor. Alguien que ha coqueteado con la muerte un rato largo. Parecen aliviados con la despedida.

Mirás el interior del coche forrado de rojo, con un Cristo de brazos abiertos en el fondo. Los jóvenes suben hasta el primer piso y vos, atrás. A veces junto a una señora mayor de color beige, otras, a un bigotudo con pinta de intelectual.

Frente al nicho abierto, el empleado pregunta si las flores adentro o afuera. Afuera, responde una treintañera que podría ser tu amiga si no fuera que te has colado y no te conoce nadie. Cierran y se traba la puertita. Como si el cajón fuera más largo. Momento incómodo que estás aprovechando ahora para acercarte a leer su nombre. No hay caso, aún no hay placa. Las flores blancas, hermosas.

Para el momento de los abrazos, nadie dice nada. Te vas caminando rápido hasta la rotonda. Un poco decepcionada, la verdad. Pocas horas de eternidad y tan poco sentimiento en sus deudos. Una pena.

EL SUPERVISOR, ROBERTITA

Nos extrañó verla por acá ayer tarde, te dice el supervisor del cementerio, por teléfono. Y no te sale una respuesta.

Me parece que *usté* está obsesionada con la muerte, agrega, y deja un hueco para que lo desmientas.

Puede ser, respondés. Pero es un tema mío.

Hubo quejas en el velorio, velorio en el que *usté* participó como si fuera alguien, te dice cortante. Un familiar del difunto sacó una foto y vino a preguntar si la conocíamos. Una cosa es su vínculo con Petra, y otra, ironizar con la muerte ajena. Piense y tómese unos días. Espacie las visitas. Se lo digo bien.

Gracias, le decís. ¿Le puedo hacer una pregunta?

Sí, claro.

¿Quién era el finado?

El supervisor se queda perplejo un instante.

No me diga que es periodista, te responde.

No, no me malinterprete. Es una duda personal.

Se lo contesto si me promete no venir por un tiempo.

Tiene mi palabra, señor.

En ese caso, le cuento. El señor Traverso fue el primer esposo de Robertita Ferreira, una de las nuestras, galería G.

¿Cómo el primero? ¿Se volvió a casar? Qué canalla. Claro, VT. Cómo no me di cuenta.

El supervisor te corta.

EL ESCRIBANO, LA PERRA, LA ESCRIBANA, DI TULIO

Anoche el escribano te cabalgó hasta las dos de la mañana. Se cobró el cheque y tus desatenciones. Así dijo. Esta mamada va por tu tía Petra.

Le mentiste, o él se dejó engañar. Pero la deuda quedó saldada. Después, mientras dormía, bajaste la escalera, insomne. La escribana y Di Tulio miraban tus quinotos de cerca. La perra junto a ellos. Nunca la habías visto tan correcta, otra actitud, mucha calma.

Te pareció que se burlaban de vos, los de enfrente. Que andan en algo serio. La escribana se agachó y señaló una rama de tu quinoto menor, la quebrada. Encendiste las luces del jardín y agarraste la escoba, como si fueran bichos que espantar, pero no pudiste salir. Las llaves no estaban en su lugar.

¿Fue una ilusión óptica o la escribana tenía restos de la mortaja de Fermín entre los dientes?

Enseguida apareció el escribano a tus espaldas. Qué pasa, mamita. Una rata afuera, dijiste. Dejemos esas cosas a la perra. Dónde están las llaves, le preguntaste. Guardadas, no quiero que hagas papelones de noche, vamos a la cama.

En cuanto estuvo horizontal, quiso tantear tus tetas. Voy al baño un segundo, le dijiste.

Esperaste sentada en el inodoro a que el escribano se durmiera. Bajaste de nuevo. Los amantes se habían dispersado. Pero la perra no te quitaba ojo. La llamaste, no se movió. Sacaste un pedazo de carne de la heladera, meneó su cola. Venga, perrita. Se mantuvo firme en su lugar. Usted se la pierde. Que le den un hueso los muertitos esos. Metiste el plato en la heladera y subiste la escalera con resignación.

LOS CHICOS, TU MAMÁ, TU PAPÁ, LA ENFERMERA TETONA, UN INDIVIDUO

Los dejaste en el colegio y volviste al auto. Un rato ahí, dudando. En la casa no querés estar. Al cementerio mejor no ir por unos días. La clínica te aturde. Das vueltas en el auto, siguiendo a cualquiera, pegándote a las rutinas de los demás. Sin humor para subir a la autopista. El mundo no te necesita, el sonido de tu voz te extraña. Cada palabra te parece un idioma distinto. No importa qué, el sonido del pensamiento no ocurre como debiera.

Detenida de más en un semáforo, tu parloteo anula los bocinazos y las puteadas. Un impulso te obliga a bajar del auto sin haber apagado el motor. Ahora estás corriendo alocada, como la perra. Sin pensar vas al dúplex, abrís la puerta, tu cuerpo se derrumba en el sillón.

No te sale el ejercicio 7, tu mamá debería darte ánimo: *No se haya con quien sufre duro y desabrido, mas blando y suave, dándole ánimo y descubriéndole las astucias del enemigo, y haciéndole preparar y disponer para la consolación, ventura.*

Imposible descifrar cuántos mundos se resbalan por tu cabeza, pero cuando el cuello gira, la ves. La urna con forma de nido está de nuevo en la vitrina. Vas hacia ella. Pero al levantarla está demasiado ligera.

No hay nadie. Ni un gramo de polvo. Se parece a la maldad más siniestra encontrarla vacía. Duele más que si no hubiera regresado.

Vas en busca del auto. Ya no está, se lo llevaron. Taxi hasta la clínica para encarar a tu papá, repitiendo que no me la roben.

¿El concejal devolvió la urna vacía? Cuándo. Por qué no me dijiste una palabra. Pero al llegar a su habitación, la cama desierta, como la urna.

Quedó la forma de su cuerpo sobre la sábana de abajo. Al poner la mano, aún tibia. Turbada, vas recorriendo el pasillo para encontrar a la enfermera. La tetona sanitaria habla por teléfono.

La molesto un instante, le decís. Pero ella no se deja molestar. Te hace un gesto de freno con el guante puesto.

Mi papá… Ella cierra el vidrio que la separa de vos y continúa con su asunto.

Una opresión violenta en el pecho, al girar. Casi cae por tu culpa un individuo que caminaba en pijama, enchufado a su portasueros. Disculpe, no te sale la voz, sino un gruñido endeble que no se parece a nada. El tipo te rehúye.

TU PAPÁ, PETRA, EL CIRUJANO

Ahora estás peor, sentada en la cama de tu papá. Segura de que le pasó algo. En tu vida no hay buenas noticias, nunca.

Por suerte, Petra te tranquiliza desde el conducto del aire acondicionado.

Eres buena, te dice. La gente buena tiene el infinito de su lado. Y no lo digo por la cuota del cementerio. Cambiando de asunto, no te quiero asustar, querida, pero deberías volver a tu casa. Los chicos están marcados. La escribana se los quiere llevar.

No estoy para invenciones, Petra. Ya no.

Por el pasillo traen a tu papá. Duerme, aferrado a una mantita. Parece un nene que la vida deterioró, un nene dejado a la intemperie.

El cirujano viene atrás, muy requerido por sus asistentes. En cuanto te ve, actúa como si no te hubiera montado.

¿Es su papá? Venga mañana, ahora tiene que descansar.

El tipo es amnésico, o un mal actor. Te extiende su tarjeta.

Mi teléfono personal, por cualquier cosa.

Te das cuenta enseguida. Se las voltea a todas y ni siquiera las registra. Mejor. Su tarjeta termina en la basura.

EL ESCRIBANO, LA INSULSA MALPEINADA

Tuviste que pagar una multa por dejar el auto en la vía pública. Y el acarreo. Nada serio para quien tiene tarjeta.

Pero en la casa de las dos piletas el escribano te espera con cara indescifrable.

Tengo una noticia.

Qué les pasó a los chicos.

Nada, ¿por? Te conseguí una señora.

Para qué.

Para que te ayude.

A qué.

Hay ruidos en la cocina, vas hacia allá. Una mujer de vestido marrón termina de lavar los platos. Cuando se da vuelta, se te cae la cartera de las manos. Es la insulsa mal peinada de la vuelta.

Buenas tardes, te dice. Y se apura a levantar tu cartera del suelo.

ROBERTITA, LA INSULSA MAL

Desde ayer, los chicos usan el transporte escolar y la insulsa plumerea en silencio. Pero gracias a ella, tu vida nocturna se extiende hasta muy tarde. Son las diez de la mañana, ahora. En el sueño de hace un instante estabas desnuda. En este mundo no. Te pusiste el camisón de flores negras, la tanga de raso. Los ojos secos, aún pegados.

Un bostezo largo que parece el último te obliga a sentarte. Vas hacia la ventana restregándote. Al correr las cortinas, te acuchilla el sol.

Abajo, la insulsa manguerea con resignación, ausente. Un grito aterrador cruza la calle. Y ella no se inmuta. Su indolencia te indigna. Hay quien solo tiene oídos para lo obvio. No es tu caso. Todo lo ves, ningún olor se te escapa, tus orejas escuchan de más. Nada queda fuera de tu conocimiento.

El grito es un llanto al que le conoces la garganta. La llegada del señor Traverso puso mal a Robertita. Pero no llora por él. Llora amargamente por al ataque intempestivo de su morada final. Un par de operarios está abriendo su nicho, que chirría peor que tu portón.

Se tapan las caras con la mano, el hedor de la rubia les voltea el cuello.

¿Van a desalojarla? No podés permitirlo. Ni un café, enseguida, la campera. Aunque el invierno se está retirando aún persiste el frío en tu cuerpo. Las manos heladas, y los pies, en pantuflas. Dónde carajo guardó las botas.

La insulsa de la vuelta, al verte, dice: Buen día. Y luego te quiere seguir, como vos a la perra. A dónde va, no puede entrar ahí. El señor le ha prohibido el cementerio.

Pero no suelta la manguera y el chorro la obliga a regresar.

Enfrente te informan que Traverso antes de morir desistió de seguir manteniendo a la rubia. Su nueva mujer tenía celos de la muerta y le puso condiciones. Robertita se aferra, pero no hay caso. La van a cremar. Entre sus virtudes no figura la cordura. Y vos, sin chequera. Nada que hacer.

Los empleados se la llevan sin prestarle atención. No la oyen. A vos tampoco. Entonces, al girar, ves una silueta en tu ventana. La insulsa actúa una limpieza. Disimula mal el hecho de que te está espiando. Le irá con el cuento al escribano, pero qué importa. Vas a la casa solo para buscar el auto. Y ponerte las botas.

TU PAPÁ, TU MAMÁ

Está despierto, diseccionando un muslo de pollo, desganado. Volviste, dice. Pensé que te habías olvidado de mí. Le tiemblan las manos. La enfermedad, sin cannabis, ha empeorado.

Qué pasó con mamá, le decís. Y él te mira sin entender de qué estás hablando. Se ahogó, responde. Y tira el tenedor a un costado.

Ya no puedo cortar.

¿Cómo que se ahogó?

Ah no, es verdad. Murió junto a la vía.

Y las cenizas, ¿dónde están?

El tenedor clava sus dientes en un poco de carne, luego se acerca a su boca. Él aparta la cara, como si el tenedor lo manejara otro.

Fui al dúplex, papá.

¿A regar mis plantas?

No, a pensar, pero encontré la urna de mamá.

Ah, sí, la dejaron en la puerta.

¿Vacía?

No, con una nota.

Dónde está.

La tenía en la mano cuando me caí.

Qué decía.

El silencio se hincha como una puerta. Tu papá tiene los ojos húmedos. No te sale consolarlo. Te das cuenta de que el problema nunca fue su profesión, sino él mismo. Un tipo distante, que vive como disimulando. Un hombre sin nitidez, el revés de la placa con su nombre.

Cuándo te dan el alta, papá.

No sé, pero me muero por fumarme un fino.

EL SUPERVISOR, ROBERTITA

Vuelta al dúplex, obsesionada con la nota. No aparece. Tal vez tu papá miente o es la morfina, que se equivoca por él.

Tu nariz invade la urna como si fueras la perra en la basura, hay que oler profundo, conteniendo la respiración para discriminar lo exhalado. Ha sido lavada con detergente. Del olor anterior, ni rastro. Cuando estás por sollozar, por estrellarla contra el suelo, el supervisor suena en tu teléfono.

Le pedí algo y no me cumplió, te dice, y suena libidinoso.

Quién habla.

Usté sabe quién soy; pero no se equivoque, estoy de su lado, entiendo el dolor. Me comentaron de su visita a Robertita Ferreira y mire, no la voy a retar. De hecho, solo por el vínculo que las une, y por algunos pesos, se la puedo dar.

A qué se refiere.

Sus cenizas. Cuando quiera las puede retirar. Lo que no brindamos es receptáculo.

Le preguntás si acepta efectivo. Pero claro, mujer.

ROBERTITA, EL CHICO MENOR, UNA SECRETARIA, LA INSULSA MAL, LA ESCRIBANA, FERMÍN, LOS PILETEROS

El supervisor te dejó preparado el paquete. Y pagaste con lo que deja el escribano para la malpeinada.

Vuelta a la casa de las dos piletas, con la urna de tu mamá y las cenizas de Robertita. Las pusiste adentro sin sacarlas de la bolsa. No te parece correcto que los restos de la rubia estén en contacto directo con la urna. La insulsa te recibe con la comida hecha, pero vas primero al dormitorio, cerrando cuidadosamente la puerta. Robertita queda bajo la cama, a falta de un lugar mejor.

Ya estás sentada en la cocina, por masticar, cuando te avisan del colegio que uno de los chicos está descompuesto. La pechuga de pollo queda intacta. Otra vez al auto, al establecimiento, a firmar el cuaderno de salidas, a esperar junto a una secretaria que fracciona una madalena y sorbe un mate mientras controla que te traigan al chico correcto.

Qué te pasa, chiquito. Se toca la panza y te da la sensación de que tiene fiebre. Recordás las palabras de Petra, los chicos están marcados y, de pronto, el miedo te crece como un yuyo salvaje que no se puede arrancar. Un yuyo tan crecido y enredado que, si tiraras de él, todo el jardín de tu alma quedaría desierto.

Es la primera vez que vas a cargarlo en brazos. Primero hasta el auto, luego hasta la casa. Tu entrada tiene algo de épica sin estrenar. Cómo pesa.

Tiene que ir a la cama. La insulsa mal te mira con ternura. Paños frescos y paracetamol, recomienda.

Voy a comer junto a él, aunque esté sin hambre, hasta que se quede dormido.

La malpeinada te mira, cómplice. No se preocupe señora, no voy a decir nada.

De qué, le preguntás con frialdad.

De su visita, dice, y te señala el cementerio.

Si ve movimientos raros, me avisa, le pedís.

Ella no termina de interpretar tus palabras. O se hace la que no entiende. No vas a hablarle de la escribana. No todavía. Pero tus sentidos quedan alerta frente a cualquier intromisión del inframundo. Tráigame la laptop.

En el buscador: *Salvar almas*. Mejor respuesta: *Ganando Almas para el Señor. ¿Te sientes devorada por la sed de almas? Si te atraen las almas pecadoras, arderás en deseos de arrancarlas del fuego eterno.*

La frase te da ganas de tomar una ducha. O mejor, de llenar la bañera. Enseguida el vapor te envuelve. El cansancio y la angustia, también. Te distrae tu reflejo difuminado en el agua. Burbujea el mundo por un instante, respirar es un acto privado que te dispone bien, aquí y ahora. Las manos se arrugan, se aquieta el pulso y de pronto, un grito. El chiquito berrea peor que nunca.

Vas hacia él, desnuda, mojada, despavorida. Sin toalla a la vista. Y lo que ves, te espanta.

La escribana lo tiene agarrado del cogote. Ahora la que grita es tu garganta, la otra agita los brazos como un molinete sin control. Fermín Di Tulio intenta distraerte sacando la lengua o mojándose las comisuras con sensualidad afectada. Sin éxito.

Las apariciones se retiran y el chico se oculta debajo de las sábanas. Vos te tirás encima, para preservarlo. Todo tu peso sobre el pobrecito. Ya no hay dudas: vienen de muy abajo los espectros. De muy atrás. Son ellos los que hieden, no el paredón.

¿Se siente bien, señora? La insulsa mal de la vuelta se santigua frente a tu imagen desnuda, con la cara desacoplada. El chico se libera de vos y corre a encerrarse en el ropero. La malpeinada te toma de la mano. Te lleva al dormitorio y te viste como si fueras una nena. Después te dice al oído que podés confiar en ella.

Soy una tumba, dice.

Gracias.

Ah, por cierto. Los pileteros encontraron algo suyo.

Qué.

Este pañuelito con su inicial.

Saca de su delantal un pañuelo desteñido. No parece tuyo, aunque la letra así, en mayúscula, bordada con hilo finísimo, te recuerde a la que bordabas en tu clase de labores.

Tírelo y dígale a los pileteros que no regresen más. Hay que dejar que el agua haga su voluntad, que se pudra de una vez.

Como prefiera.

EL CHIQUITO, TUS ABORTOS, LA INSULSA, PETRA

Se quedó dormido, el enfermo. Ronca como un animal asmático. Desde la ventana, ves a tus abortos exultantes de felicidad. Cinco frutos en el mayor, dos en el chico. Parecen perlas. El sol, de su lado, brilla con una intensidad inmaculada. Hacía rato que no pensabas en esos dos. Los dejaste un poco abandonados. Tendrías que bajar a estar con ellos. Ganas de besar cada fruto.

Podríamos hacer mermelada, te dice desde atrás la insulsa mal peinada que se acercó sin hacer ruido a tu nuca. Con furia la mirás.

Ni se le ocurra tocarlos, son santos, ¿entiende? Si la veo cerca, le arranco cada pelo, uno a uno.

Se queda paralizada la insulsa. Luego va a la cocina. En cuanto se aleja, Petra se presenta en la rejilla del baño.

PETRA, EL ESCRIBANO, LA INSULSA, LA ESCRIBANA

El olor y la memoria están enlazados. La noche en que murió tu mamá olía a flores frescas. Ella había comprado lirios para tu cumpleaños. Después la urna con forma de nido, adentro, tenía un perfume igualito. Cada semana le ponías pétalos recién cortados para emular un jardín, el del Edén, en diminuto.

Ahora Petra te dice que las almas buenas avisan que están presentes mediante un olor repentino, misterioso. Y que lo putrefacto o el azufre delata a los desventurados.

Cuando yo te hablo, pregunta, a qué huele.

Mejor no responder. Ella siempre se aparece en los conductos y cañerías, cómo revelarle lo mucho que apesta.

Por qué has puesto cenizas de gato debajo de tu cama, te pregunta. Eso no va a ahuyentar a las almas perversas.

Qué gato, es Robertita.

No, querida, los de enfrente te dieron cualquier cosa.

La conversación se interrumpe. El escribano golpea la puerta.

Tenemos mucho que hablar, te dice.

No intuís lo que se viene, el cachetazo. El golpe del escribano te tira al suelo. La malpeinada se tapa la boca para no molestar. Te ha traicionado. Pero no sentís nada. Ni pena ni dolor. Los rulos del escribano le restan seriedad a la escena.

Me das asco, decís. Tus chicos no se parecen a vos. ¿Serán tuyos?

La malpeinada niega con la cabeza, como pidiéndote silencio. El escribano se saca el cinturón, pero al levantarlo no puede hacer nada. La escribana se interpone y lo caza en el aire. ¿O es tu mano? Él queda paralizado. La insulsa sale despavorida. El escribano cae rendido a sus pies. Aprovechás la situación para correr.

PETRA, LA SUPUESTA ROBERTITA

Si sientes que los espíritus están manipulando tus receptores olfativos, debes cumplir ayuno. Habla como traducida la de mármol, ahora desde el conducto de la calefacción del auto.

Hace rato que te decidiste por la abstinencia. Te hace sentir liviana. La carne es un fastidio. El cuerpo, ese extraño, nunca estuvo de tu lado. Una carga, pensás, que hay que sostener por el asunto del alma. Un alma soltera de vísceras, qué es. Ya sabemos, nada.

Estás en la autopista, que es la ruta hacia vos. La que te acerca a tu idea de la existencia. Circulación sin sentido, a las apuradas, en dirección a ningún lado. Aunque sabés que el camino termina en San Fernando.

Al bajar del auto, los pies mojados, la lluvia sobre la orilla, el agua se hace la intrigante. El agua, ese invento de vida estancada o inducida, sabe más de la muerte que ninguna criatura humana. La mirás, deslumbrada, y ella se agita y corcovea como un caballo sin bocado.

Para tirar las cenizas del gato o de Robertita vas a poner los brazos estirados. Que no quede en tu ropa ni un gramo de esa muerte.

EL ESCRIBANO, LA CAMARERA TATUADA

Te llama y te pide perdón. Por qué no cenamos junto al río, te dice. Vamos al restaurante aquel donde fuimos felices. La risa se te presenta sin aviso, pero es reprimida. Te parece mejor no adelantar el final. Aún te restan algunos ejercicios.

Nos vemos ahí, le respondés.

Al llegar, lo ves sentado en una de las mesitas exteriores. Se pone de pie para apartar tu silla. Incluso ha intentado domar sus rulos con fijador. Todo huele a final esta noche. La luna se pone turbia, cambia el aire.

Una camarera tatuada les sugiere ir adentro cuando un par de luces se desprenden por el viento y casi los lastima, derribando sus copas.

No fue nada, por suerte, dice la tatuada sonriendo. La casa repone los tragos.

En mesa nueva, el escribano quiere reconciliarse y siente, así dice, que debe sincerarse.

Te he exigido mucho. Pero es que la vida me golpeó.

La conversación se pone interesante. Nunca habló de su vida.

Quise dar vuelta a la página. Y no fui justo. Olvidar nunca es fácil, así que no ahondemos. Lo importante es que somos una familia. Y las familias se construyen con amor. No con preguntas.

La cena pierde interés, pero la ingesta de alcohol sirve para que se quede dormido rápido al llegar a la casa.

TRAVERSO, EL ESCRIBANO, TU MAMÁ

A eso de la una, aparece Traverso en tu dormitorio. Se ubica sobre el cuerpo del escribano. Y no es una visión porque estabas a oscuras, nada se ve. Lo reconoce tu nariz, el órgano más afilado.

Te conozco, dice Traverso.

Se te eriza la piel. Cada pelo, una alerta.

Qué quiere.

Tu mamá dice que está.

No continúa la frase, el escribano enciende la lamparita. ¿Ahora también hablando sola?

Una pesadilla habló por mí.

Traverso se despega en silencio del cuerpo del escribano, te señala la puerta.

Voy al baño. Pero el escribano ya ronca de nuevo.

Al abandonar la cama, te tiritan los labios. Bajás envuelta en una bata hasta el sillón del living. Traverso te espera. Su aspecto es desagradable, excesivamente alto para ser tan viejo. Se sienta a tu lado. Apoya los pies en la mesa ratona y le sobresalen, se le cae un zapato. Se lo calza con fastidio.

Tu mamá dice que está en la casa del concejal. Es la casa amarilla sobre Malaver, casi en la vía.

Su voz tan helada como la del pájaro de medianoche, el del delirio. Cuando regresa el silencio, el aparecido ya se dirige al cementerio atravesando la chimenea.

Una mano tuya por debajo de la bata, despacio. Para frotarte con la tanga puesta y arrancar el mal. Ese lugar rojo. Tu centro hierve, es un magma que después se desinfla. En los dedos, el olor a sulfuro. La vida y la muerte penetran en tu nariz.

La perra te mira desde su almohadón con gesto reprobatorio. Como si el animal fueras vos.

LA EMBARAZADA PERFECTA, EL GATO, ROBERTITA

Traverso tenía razón. Esta mañana estacionaste sobre Malaver y la vía. Ahí murió tu mamá, según el certificado. ¿Es una señal que justo enfrente vivan el concejal y la embarazada perfecta?

Viste salir a la falsa rubia rumbo a la clínica. La panza crecida casi no entraba en el auto. Su fecundidad no te importó, el mundo inferior está de tu lado. Lo sumergido te patrocina, o eso te parece.

Mientras la concejala se perdía por Libertador, fuiste a tocar su timbre, sin plan. Nadie. Fueron tus pies los que te arrastraron hacia ese sector de la verja semioculto por un plátano, lejos de la entrada. Confundida entre las flores enanas de un jazmín de leche, hiciste la prueba. Tan delgada estás que, si pasaba la cabeza, estabas adentro. Pasaste.

El jardín era sugestivo. Olía a pis de gato. La primavera se esforzaba en ocultar la pestilencia, sin conseguirlo. El responsable del hedor te miraba desde el techo. Te viste disminuida frente a los ojos tajantes de ese siamés no tan puro.

Atravesando el césped amarillo, fuiste directa a espiar cada ventana hasta que el gato se descolgó al primer piso, metiéndose por una claraboya abierta. Una vez marcado el modo de entrar, se ubicó en el alfeizar, desafiante. Sonreíste. Apoyando correctamente los pies, escalar hasta él no parecía difícil. Una enredadera antigua, de tronco más nudoso que tus piernas, serviría de escalera.

El cielo se oscureció y un trueno te hizo dudar, pero no ibas a detenerte por la lluvia. El gato sería tu guía, aunque sin urna las cenizas iban a ser difíciles de localizar, él debía saber dónde encontrarlas.

Cuando ya estabas trepada, a punto de alcanzar la claraboya, se largó a llover más fuerte. Agitada por el miedo, estudiaste el cuarto desde afuera. El gato te miró recostado en una cuna elegante, pintada de rosa chicle. Cuando sonrió, te diste cuenta. Era Robertita. El gato era ella. Su alma ocupaba el cuerpo del minino. Su alma engreída se encontraba ahí por algún rebote de trasmigración mal habido.

ROBERTITA, LA EMBARAZADA, EL CONCEJAL, EL CIRUJANO, LA OTRA GERTRUDIS, LA ENFERMERA TETONA

El dormitorio del bebé resultó encantador y eso te pareció un espanto. Dejaste caer tu cuerpo en vertical hasta una alfombra impecable, de lana virgen. Tus pelos la humedecieron. Reptaste como una serpiente por el parqué. Después, te quitaste los zapatos. Quedaron a un costado para evitar huellas. Crujió un poco la pinotea bajo tus calcetines.

Cómo trotaba el corazón siguiendo a la Robertita siamés, que ya se perdía por el pasillo. Al salir del dormitorio, un ruido en la puerta principal. Espiaste desde arriba, amparada por la oscuridad.

La embarazada, seguida por el cirujano, la Gertrudis viva y la enfermera tetona, hizo comentarios en torno a la camilla en la que traían al concejal. Cuando lo giraron, quedó frente a vos. Con los ojos fijos en nada y la nariz levemente traspapelada hacia un costado, producto de tu mordida. Parecía saber lo que los demás ignoraban. Que estabas ahí. Aunque mirándolo mejor era obvio su estado de deserción idiota a causa del accidente. Te clavó los ojos, las pupilas torcidas: ningún signo de razón en él. Nunca lo hubo, en realidad. En ese instante, menos.

Fuiste hacia atrás con la desesperación del pez que mordió el anzuelo. Pero nadie te presentía, salvo él. Que pestañeaba. Tu curiosidad era más fuerte que el temor a ser descubierta, resististe.

Las enfermeras se retiraron, la embarazada se despojó de sus sandalias y enseguida fue atrapada en el gesto de desnudarse por el cirujano erecto. La montó sobre la isla de la cocina, agitado como un perrito nervioso. La embarazada, vestida de celeste, resultó flor de traidora, pensaste. Las mujeres que se visten con colores infantiles son las peores, el candor es una trampa de zona norte, cada vecino oculta un demonio bajo su ropa clara.

Pero el concejal humillado en su propia casa no te hacía feliz. Sabías que la cadena de ofensas es interminable y que vos estabas unas vueltas más abajo. No podías festejar el pecado ajeno: la embarazada gritaba como si estuviera muriendo y el cirujano se babeaba en su cogote.

Miraste al concejal que miraba a la pareja de poseídos mientras el gato te observaba a vos, como si supiera más que ninguno.

La agitación excesiva de la embarazada perfecta se cerró de modo abrupto. Un par de contracciones la tiró al suelo. Sobre su líquido amniótico hubo de acabar la operación orgásmica del cirujano. Robertita corrió escaleras abajo a lamer sin ser vista la llegada del vástago. Actuaba bien la astucia típica de gato fino.

LA CONCEJALA, EL CIRUJANO, EL BEBÉ, EL CONCEJAL

La concejala gritó al ver el pene enrulado de su criatura, una cosa mínima, tan similar a una cola de cerdo que daba risa.

¿No era una nena?

El cirujano cortó con un cuchillo de asado el cordón umbilical. Esss un nene, dijo, mientras lo envolvía en un repasador. La concejala rechazó al bebé. No lo quiero. No me gusta tan pelado.

Vamosss a la clínica, dijo el cirujano mientras intentaba levantarla.

Primero hay que limpiar este enchastre, le respondió ella. Y esperar a la señora que viene a cuidar a mi marido.

El bebé estaba mudo, pero respiraba.

No me jodass, le dijo el cirujano, y abriendo la canilla del agua fría, la salpicó para que reaccionara.

Ella se puso de pie, ofendida. Se acomodó el vestido y caminó inestable hasta la puerta. Él la siguió con el bebé boca abajo, como quien lleva una bandeja con una mano. Salieron dejando al concejal solo, en el medio del living.

Te asomaste a la ventana más próxima para comprobar que subieran al auto. Bajaste hasta la camilla. Robertita ya había dejado los baldosones limpios. Al verte, salió corriendo.

El concejal parecía consciente, aunque hablara con los párpados ligeramente caídos: tu mamá dice que no quiere nada con vos.

Dónde está, le respondiste.

El tipo enmudeció. Te tocó abrir cada cajón, cada frasco. Lo que buscabas se negaba a ser descubierto. Pero era claro, Petra tenía razón en todo. Los muertos saben más que los vivos.

Antes de salir, sacaste un llavero de la mesita de entrada para no tener que trepar en tu próxima visita.

EL ESCRIBANO, LOS CHICOS, LA MALPEINADA, LA ESCRIBANA, DI TULIO

Cuando llegaste a la casa de las dos piletas, el escribano estaba fuera de sí, como siempre.

Dónde carajo te habías metido. Está viniendo un médico de urgencia. ¿Qué pasó?

Los chicos.

En el dormitorio principal los encontraste, envueltos en frazadas como si fuera invierno. La insulsa mal intentaba que tragaran una sopa.

Te sorprendió que nadie mencionara a la escribana y a Di Tulio que, junto a la ventana, copulaban en silencio. Él la tenía agarrada de la cintura y ella se contoneaba como si fuera a perder la cadera en breve.

Qué hacen estos puercos, dijiste. Los chicos te miraron sin entender. Vivimos acá, respondieron a coro.

Me refiero a esos, y señalaste a los de enfrente.

¿A quiénes?

Cuando estabas por lanzarte contra el vidrio, Petra te llamó desde el baño y te encerraste con ella para que nadie te siguiera.

La escribana no es mala, te dijo la de mármol desde el inodoro. Parece que el escribano tuvo algo que ver en su muerte. Se los quiere traer a este lado porque los extraña a los chicos. No es contra ti. El tiempo se agota, pero recuerda: Dios tiene el control y el Diablo no puede hacer nada sin su permiso. Has ayunado, pero qué pasa con la oración. ¿Has perdido la fe?

Tiraste de la cadena justo cuando sonó el timbre.
¿Será el demonio?
No, era el médico.

LOS CHICOS, TU PAPÁ

Las marcas en el cuerpo de los chicos confirmaron el diagnóstico: varicela. Nada del otro mundo. La piel de cada uno parecía un universo de galaxias rojas. Pasaste toda la noche junto a ellos, vigilando por si los fornicadores de ultratumba regresaban. Te quedaste dormida.

Un ruido de chapas te despertó en plena madrugada de un mal sueño en el que tu papá había muerto. Lo estabas velando. Al mirar adentro del cajón, descubrías que le faltaba una pierna. La operada. En su lugar, un martillo y dos clavos como estacas.

Las pesadillas se desmontan en cuanto sale el sol, pero la culpa queda.

Observaste a los escribanitos con afecto a causa de sus heridas, se habían rascado y sus dos caritas parecían frutos abiertos. Te llevaste un dedo a la boca y después, humedeciste sus lastimaduras con tu baba. La perra movía la cola en señal de solidaridad. Sentada, le ordenaste, pero ella lamió sin disimulo la cara de los chicos.

Tu amenaza con el zapato fue más efectiva. Corrió a refugiarse.

TU PAPÁ, VOZ RONCA, LA TETONA

A eso de las siete, llamaste a la habitación de tu papá para avisar que estabas yendo, pero en su lugar te atendió una señora de voz ronca.

Quién habla, dijiste.

Con quién quiere hablar.

Qué habitación es.

Con cuál quiere hablar.

Un acceso de tos dejó a la otra fuera de juego. Alguien se hizo cargo del teléfono.

Estoy buscando a mi papá, dijiste con timidez.

¿El proctólogo?

Reconociste a la enfermera tetona, su voluptuosidad era inocultable, incluso por teléfono.

Hace dos días que se fue de alta.

Ah, sí, perdón, no me acordaba.

La tetona te cortó sin despedirse.

Cuando llegaste al dúplex olía a porro desde la vereda. Y en lugar de bajar, seguiste de largo.

EL ESCRIBANO, TRAVERSO, TU MAMÁ

El escribano te advirtió que no te acercaras a los chicos, contagian. Por suerte la insulsa de la vuelta está para atenderlos, ya tuvo varicela.

Te vas a recostar, no para dormir. Tu mente es profunda, un espacio pantanoso, caliente. En corpiño y tanga, sumergida en vos, aguantando la respiración, se te abre un ojo, y entonces, Traverso. Acaricia tu frente en un gesto paternal.

Ahora que los de enfrente cruzan la calle y se te instalan, ya no tiene sentido ir al cementerio. Salvo Robertita, que se mudó a la casa amarilla, el resto pasa a saludar o a enturbiar tus días, como hacen los amigos.

Traverso habla con eco, como si también estuviera sumergido.

Aunque la idea del pozo la heredaste de tu mamá, te dice, un hueco no siempre es nítido. En el agua se disuelve. Qué buscaba tu mamá tan abajo, no sabemos. Pero después de su inmersión, no pudiste meterte al agua sin pensar en ella. Ni un pie pusiste en la pileta de los chicos. Será por eso que te mudaste acá, por contrafobia.

De pronto Traverso se hace el analista. Te lleva hasta la ventana. No mires el paredón, no significa nada. Las cenizas de tu mamá ya no son ella. Basta de buscarlas. Pasó el tiempo suficiente y ahora ha nacido en cuerpo nuevo. Vos sabés en cuál. Cerca de la vía está, nunca se fue de ahí. El alma no sabe caminar, queda cerca del lugar último, como un fruto caído en el perímetro de su árbol.

EL BEBÉ, TU MAMÁ, LA PERRA, LA ESCRIBANA, LA CONCEJALA

Es de noche otra vez y se te confunde el goteo del reloj con la tormenta. La lluvia sobre las piletas suena poco, se absorbe, pero la aguja del segundero se te clava en la frente. El tiempo es una avispa que no muere cuando pierde el aguijón.

Estás parada junto al ventanal del jardín de la casa. Hace rato que aprendiste que no hay lugar para vos, que cada espacio le pertenece a otro, incluida tu cabeza; tan húmeda y trágica como la muerte de tu mamá, la esencia del inframundo o la tanga de raso.

Pero ya no te importa.

Tenés una visión. El cementerio inundado y los cajones flotando a la deriva. Si el cementerio se anegara flotarían los cajones hasta el río, atraídos por lo hondo. Igual que tu mamá. Y el mundo sería para vos.

El bebé de la concejala imperfecta llegó y enseguida fue negado. Seguro que llora y no lo atienden. ¿Será cierto que tu mamá ha renacido ahí, que ese cuerpo está habitado por ella?

Vas a ponerte las zapatillas sin hacer ruido, con las pupilas dilatadas como lagunas negras. La perra te observa con aburrimiento desde el sofá. Para no activar el portón, vas en bicicleta.

La noche no llueve más. Ni un alma a la vista. El pedaleo te acerca a la casa amarilla, las luces apagadas. Aunque trajiste las llaves, te parece mejor colarte por la reja metiendo panza, la cabeza de frente, y luego, reptar por la pared hasta la claraboya. Las zapatillas, abajo.

Una lamparita lánguida ilumina el insomnio del bebé. Se mira los pies, hipnotizado. Cuando estás por entrar, el olor.

La escribana está en tu espalda, trepada a vos como un diablo perezoso. Mira al recién nacido. Así como Robertita siamés te condujo hasta el bebé, tu curiosidad la atrajo a ella.

Que hable en tu nuca te eriza los pelos. Para espantarla tendrías que girar, pero es difícil en el borde. El pasto allá abajo parece hundido, muy lejos.

Qué extraño es el paraíso, te dice en la oreja.

Ahora actúa una caída lenta, esparciendo su influencia dañina por el pasto. Se hace líquida la escribana, muestra sus posibilidades.

Reubicado un pie para no caer y al girar el cuello, ni rastro de ella. Mirás hacia la habitación, y ahí está, junto al concejalito, que ya le agarra el camisón como buscando una teta, que hace barullo de roedor hambriento con los labios apuntando al escote fantasmal y pútrido.

La claraboya está trabada desde adentro. Pero no vas a observar impasible cómo la vida se alimenta de la muerte. Cómo la muerte gotea su mal en esa cavidad recién nacida.

Cuando vas a golpear con ambas manos, nerviosa, se enciende la luz. La concejala semidormida se dirige a la cuna, tantea las sabanitas, se desabrocha. La escribana se arrincona en el vértice del techo como una araña.

La imagen del niño prendido a su madre te hace llorar. Parece una estampa divina. Aunque ese cerdo no se parezca a tu mamá y la escribana los observe agitada, el misterio de la postura parece escribir en el aire la palabra amor.

Cuando se termina la operación de amamantar y la concejala apaga la luz, te vas pedaleando hasta tu casa. Al verla desde afuera, se te hace imposible entender qué relación hay entre esa construcción y tu persona.

¿La vida y la muerte son un espejo?

Encerrada en el baño, no se detiene tu cabeza. Has llegado a pensar que tu verdadera cabeza está adentro de esa, y esa adentro de otra. Tal vez tu verdadero yo es del tamaño de una nuez.

Así de hermética, así de acorazada.

LOS CHICOS, TUS ABORTOS, LA ESCRIBANA, FERMÍN DI TULIO, LA INSULSA

Esta mañana ves a los chicos arrancando un par de frutos de tus abortos. El primer impulso es lastimarlos. Pero, cuando abren sus boquitas para introducirse un quinoto cada uno, se te presenta la imagen del cuerpo de Cristo. Y te parece que esta es una comunión vegetal mucho más orgánica.

Mastican en éxtasis y al atravesar sus gargantas, los abortos van a purificarlos. El sol recorta la escena del jardín y el tiempo hace silencio.

Al bajar, de rodillas junto a ellos, los chicos se acercan a tu cuerpo reptando. Los brazos duros como ramas, tan dulces. Lo bueno no dura.

En cuanto aparece la parejita diabólica de enfrente, el cielo se nubla. Ellos te miran con ganas de devorar. Cuatro ojos como dientes afilados. Habla ella, se mueve la boca de él:

Este barrio es una sucursal del infierno, dice el sonido de ella. La muerte me privó de los chicos, mis legítimos hijitos tan queridos. La eternidad sin criaturas es intolerable. Y vos, sin instinto materno, das miedo. Te tengo miedo. Temo a los vivos, su impunidad, pero tu furia está un peldaño más arriba. Se me hace que no estás bien de la cabeza.

Su discurso no te parece mal, estás bastante de acuerdo.

Usufructuando hijos arriba y abajo de la línea, sigue la escribana, por no tener nada en qué entretenerte.

Otra vez, de acuerdo. Te das cuenta de que no habían conversado antes. Que, desde su aparición el primer día, venías intentando captarla con los sentidos, con prejuicios, y no con el entendimiento. Habías considerado que, dada su naturaleza espectral, no tendría intelecto. Su claridad te hace dudar. Tal vez el hecho de no haber continuado leyendo, de haber repetido hasta el hartazgo los 48 números de *Vida de santo*s, el haber reiterado hasta la pantomima los ejercicios espirituales de San Ignacio te privaron de la velocidad y de la abstracción que requiere el pensamiento crítico.

¿Soy mala o ignorante?

Los chicos no ven ni escuchan, actúan con naturalidad su infancia. Mastican otro quinoto. Se pelean por el jugo.

La escribana continúa por la boca de Fermín: el imperativo de la maternidad te queda grande, querida. Mejor sepultar el mandato.

La conversación a esta altura te da un poco de risa, la muerta dando lecciones de liberación. ¿Quién se cree? Pero, no sonreís por la gravedad del momento, y porque vuelve a tener razón, mal que te pese.

El demonio se reproduce en cada charco –la escribana está inspirada– y, sin embargo, he sido condenada a abandonar a mis hijos. Amo a Fermín, pero no podemos tener descendencia. No hay partos en la muerte.

La conversación te ha ido alejando de los chicos y los abortos. Al cabo de unos metros, la escribana remata:

Mañana nos llevaremos a dos. Los míos o los tuyos, es lo mismo. Unos, reflejo de los otros. Así como vos y yo somos una, ellos no son cuatro sino dos.

¿Tienen que ser dos?, preguntás, sin pensar, mareada por la cuenta. Tu voz casi no suena, pero te escuchan interesados.

La insulsa mal llama desde la cocina sin advertir que está interrumpiendo. ¡Se enfrían las supremas!

La escribana aprovecha la distracción para acercarse a los escribanitos y acariciar sus cabezas, que se dejan hacer, mansamente.

Mañana les contesto, señores, mientras tanto no toquen nada.

Los chicos entran corriendo a la casa, atraídos por la fritanga que ondea en el aire. Y vos, tras ellos, cerrando con llave la puerta, aunque no sirva de nada. Los muertos sortean cualquier obstáculo. Los muertos son el obstáculo.

Tus abortos quedan afuera desamparados, casi cedidos.

EL ESCRIBANO, LOS CHICOS, TUS ABORTOS, LA PERRA, LA ESCRIBANA

Esta noche, mientras tu marido intenta penetrarte con olor a cebollines en el aliento, pensás en la oferta. Tal vez los de enfrente tengan razón, no estás hecha para la vida en familia. Pero qué disyuntiva. A quién entregar, tus abortos o los chicos, a quiénes sacrificar para la submundicia eterna. Aunque hay que reconocer que algún derecho tiene ella sobre los chicos, si es cierto que fueron suyos.

El escribano continúa con sus operaciones de horadar, separar, introducir.

Cómo caíste en esta trampa. A dónde huir, con quién. Los abortos hace rato que no se parecen a vos. Ni te registran en su vigilia botánica. Los chicos, tampoco. Pero son humanos. Qué especie tiene más valor, te preguntás. ¿Vale más la sangre que la savia?

El escribano se cansa de tu inmovilidad, pretende girarte a su antojo y vos, harta de su cuerpo, lo derribás de un golpe seco sin darte cuenta. Como un mosquito, su cabeza se golpea contra la lámpara. Caen ambas.

Fue sin querer, le decís. Pero es inútil, no reacciona.

Qué alivio inmenso comprobar que se ha desmayado. Que no pueda decir nada por un rato te devuelve la fe. La hostilidad que te provoca es más fuerte que la buena conciencia.

Apurada por el acto, abandonás la cama. Te vestís a oscuras. Los hombres te resultan incomprensibles. El mundo entero, los vivos y los otros. Mejor concentrarse en algo más.

Bajás la escalera en dirección al jardín, decidida a arrancar los quinotos de raíz, llamar a los muertos, liberarte.

Acá están, son suyos. Llévenselos.

Nadie viene. El viento se levanta, te golpea en el pelo.

La única que se presenta es la perra, moviendo la cola. Vos con los abortos en la mano y ella como loca, cavando en el hueco que dejaron en la tierra. Sus pezuñas rascan con habilidad y terrones cada vez más húmedos van a parar a tus pies.

Medio cuerpo de la perra adentro, solo ves la felicidad de su cola hasta que por fin tironea algo que está en el fondo. Gruñe por el imprevisto, algunas raíces dificultan su tarea. Intrigada, buscas la pala y ahora son dos las que agravan el agujero.

La perra festeja tu acción y vos, la suya.

La pala se topa con algo. Estás transpirada, las nalgas afuera, tus quinotos desenterrados, qué importa. Una caja de lata ahí, del tamaño de un sombrero.

Fuera a la perra, y haciendo palanca, el misterio. Hay algo. Destrozado el candadito, los dedos tiemblan al abrir la lata. La perra juguetea.

Adentro, junto al Crucifijo de la Buena Muerte y la Medalla de San Benito que enterraste hace mucho, dos penachos rojos que no te suenan. Al tirar la caja se despega la foto de una mujer sentada en el jardín. El tuyo, antes de las piletas. A su lado, el cuerpo de un hombre de pie, la cabeza fuera de cuadro. La perra, mucho más joven que ahora, tiene la cara sobre las rodillas de ella. Los chicos, uno tras otro, sonríen en su cochecito doble.

Ella no se parece a la que te ronda. Tiene varios kilos más, el pelo de otro color. Pero considerando la imposibilidad de mantenerlo y el asunto de la nula alimentación en el inframundo, perfectamente podría ser la misma. Ojos muy separados, cara de pez.

El escribano sin cabeza no te deja dudas. La misma panza, el mismo traje. Su mano en el hombro de ella parece hundirla en la silla. Estacarla para que no se mueva.

La perra de un bocado te arrebata la foto y se pierde en la oscuridad.

Entonces, la escribana aparece. Pero ya no la ves como antes, ahora es el espectro de una mártir en futuro. Es decir, vos. Tan similar.

Te toma de la mano con suavidad y la mide con su tristeza. Las falanges de ella están frías y las uñas, pintadas del mismo color que la tanga de raso. Los anillos en el dedo anular, exactos. Le entregás tus abortos como el ramo seco de una novia no tan húmeda. Ella se retira con ellos. Tus fetiches de exorcismo van a la basura.

PETRA, TRAVERSO, LA INSULSA DE LA VUELTA

Has caído bajo el influjo de una mentirosa. Cómo le diste tus plantitas, en concepto de qué.

Petra se inmiscuye y ya te molestan sus comentarios contradictorios. Por qué justificarse frente a esa voz fantasma que se aparece en las cañerías. Ganas de clausurar cualquier intento de conversación. La soledad es una fruta prohibida para vos. Nunca sola, siempre a disposición.

Traverso completa el cuadro descolgándose sobre tus pies, pisándote literalmente con sus dedos largos.

Supongo que irás a rescatar a tu mamá, te dice, y su voz te exaspera. Estos espectros ya no te sirven, han perdido originalidad, cordura. Por eso les das la espalda con fastidio.

La insulsa mal peinada se ha peinado y te pregunta si te gusta el recogido que se hizo.

Encontré estas joyas en la basura, señora. Seguro que son suyas. Y te extiende el crucifijo y la medalla.

Permiso, estoy ocupada, quédeselas. Tengo que salir.

LA ROBERTITA SIAMÉS, EL BEBÉ, LA CONCEJALA, EL CONCEJAL

La noche te hace invisible, o eso te parece. El auto queda en la esquina de Malaver, donde no hay garita. Atravesando la reja, escalar hasta el cerdito ya es una rutina que se hace sola. La claraboya está abierta.

Robertita duerme en su almohadón de raso y, al verte, maúlla histérica. Un gesto tuyo de amenaza la deja muda. Sabe que podrías lanzarla contra la claraboya, que terminaría en el pasto con su rencarnación de último momento, repleta de vidrios. Está de prestado en ese cuerpo. Igual que todos. Que lo cuide.

Cuando se mete bajo la cuna, el pelo erizado, el bebé llega a tus brazos, con delicadeza, para emprender la retirada. Algunas luces están encendidas, pero los ronquidos de la concejala te hacen sentir impune. El concejal duerme su ilusión de camilla y suero, su paternidad inútil.

En la puerta principal, con el botín, la sonrisa te ocupa la cara hasta el cuello. Robertita te mira desde arriba con los ojos radiantes de furia.

Vas a terminar con el asunto. Ya viene tu historia, sin concejal escribano abortos chicos mamá papá santos demonios.

EL BEBÉ, TU MAMÁ, VOS

Manejar por la Panamericana a esta hora te parece extraordinario. Una liberación. La velocidad ya no te asusta, sos un rayo. La ventanilla abierta. El universo se enciende de noche, durante el día no existe. La sombra alarga tu percepción, languidece los mapas, elonga el tiempo.

Ahora mismo, las luces del carril contrario te recuerdan que la respiración es un camino corto. La velocidad del auto amputa los minutos. Los faros, ese sol artificial, te sostienen despierta.

El dolor te sube por atrás, y se pierde como vos hacia adelante. No tiene límites geográficos. Te traspasa. Allá va ese mal como una muerta entre flores. Bien lejos de tu cuerpo.

No te distrae el pelo húmedo y el olor a carnecita del bebé, que viaja muy serio en el asiento del acompañante. Nadie se salva de este diluvio que no sabe de nombres.

Ni un alma junto al río. Ni una pestilencia. Los demonios no se animan esta noche. Una luna seca como un útero antiguo ilumina sus márgenes. En el auto quedan las llaves puestas. Tus cosas.

El bebé nunca estuvo tan despierto. Atento a su condenación.

Te parece escuchar al pájaro de las tumbas, su aullido visceral entre las ramas, pero luego es la voz de tu mamá llamando tan terrible, tan dulce. Es acá, te dice. Aquí es. Te aguardo.

El silencio se estira, ahorcando el ruido. Te inclinás un poco y entonces, la superficie es un espejo, un útero, tu boca. Yo me nazco, yo soy. El viento levanta tu voz y la frase queda suspendida.

Al caer al agua, el bebé ni te miró, la corriente lo esperaba.

Este libro se terminó de imprimir
en el mes de marzo de 2022
en los talleres de Estugraf Impresores SL,
Ciempozuelos (Madrid)